ハヤカワ文庫 SF
〈SF2314〉

宇宙英雄ローダン・シリーズ〈634〉

エリュシオン脱出

クルト・マール＆ペーター・グリーゼ
鵜田良江訳

早川書房
8622

PERRY RHODAN

FLUCHT AUS ELYSIUM

DIE TIERMEISTER VON NAGATH

by

Kurt Mahr

Peter Griese

Translated by
Yoshie Uda

First published 2021 in Japan by
HAYAKAWA PUBLISHING, INC.
This book is published in Japan by
arrangement with
PABEL-MOEWIG VERLAG KG
through JAPAN UNI AGENCY, INC., TOKYO.

目次

エリュシオン脱出

エリュシオン脱出

クルト・マール

登場人物

レジナルド・ブル（ブリー）………《エクスプローラー》指揮官
イルミナ・コチストワ………………メタバイオ変換能力者
キド…………………………………〝家なき子〟。イルミナの同行者
クーリノル…………………………メルラー。エリュシオンの運営者
ヤダー………………………………クカー
ウイスキー…………………………ドラクカー
ヴォルカイル………………………エルファード人
メリオウン…………………………同。総司令官

まとめ　セポル星系の現状

　恒星セポル近傍では、第二惑星ナガトがクロレオンと同じく、永遠の戦士の試験を課されようとしていた。カルマーの軍勢と輜重隊《しちょう》はすでに集結している。そこにはヴィールス船、つまりレジナルド・ブルの《エクスプローラー》と、ロワ・ダントンの《ラヴリー・ボシック》と、イルミナ・コチストワの《アスクレピオス》もいた。ロナルド・テケナーのヴィールス船《ラサト》は攻撃されてナガトに墜落し、テケナーやかれの船の乗員がたどった運命について、いまのところはなんの情報もない。

　ロワ・ダントンは、セポル星系で戦士の軍勢をひきいるエルファード人メリオウンから、ベリハム人のリング技師、ベ＝ルコを訪問する許可を得た。ダントンは選ばれし者のふりをして〝戦士のこぶし〟を腕にはめ、たくさんの随行者を引き連れて会いにいった。そこで至福のリング・システムをつくる原理を知ったのである。ナガトを周回するリングをつくる責任者がベ＝ルコであった。かれは数週間におよぶ恒星セポルの最小期が終わりしだい、惑星ナガトの三十三衛星にしかけられた起爆クリスタルに点火することになっている。

ダントンのリング技師訪問中に事件が起きた。エルファード人ヴォルカイルがイルミナ・コチストワを追ってきたのである。彼女が無断で惑星ウルダランのダシド・ドームに侵入した、という理由で。ヴォルカイルは彼女に罪をつぐなわせようとしたが、イルミナはからくも逃走に成功。機敏な小型搭載艇で密集した宇宙船のあいだにまぎれこみ、追っ手から逃《のが》れた。こみあう宇宙船のなか、彼女は〝患者〟と名乗る、生体物質からなるらしき一宇宙船に収容される。

いっぽうレジナルド・ブルは、戦士の輜重隊がセポル周辺に設営した〝蔵の市〟を見物していた。ブルは戦士のこぶしをなくした者として客たちに嘲笑されながらも、混乱した状況や戦士組織の秘密を解明する手助けになる情報を探した。ブルはドラクカー種族ウイスキーを窮地から救い、お礼に強力だという護符をもらった。そのウイスキーの仲介のおかげで、ブルはエリュシオンという名前の娯楽施設に入ることができた。さらに、貴重な物質ホワルゴニウムの塊りを数個、代価として支払うことで、娯楽施設を訪問中のエルファード人メリオウンの話を盗み聞きするチャンスまで手に入れる。ブルはエルファード人の本来の姿をはじめて目撃したうえに、メリオウンと永遠の戦士とのあいだでかわされる会話を聞くことにさえ成功した。だが、すべてがすんでエリュシオンを去ろうとしたとき、ブルは意に反してエリュシオンの運営者、メルラー種族のクーリノルに拘束される。どうやらクーリノルは、お客を……そもそもお客であったとしてだが……解放する前に、相手が持つすべてのホワルゴニウムを手に入れるつもりのようだった。

1

レジナルド・ブルは、娯楽施設エリュシオンが客に提供するサプライズに慣れてきていた。それでも、ロボットが目の前、三歩のところで虚無から実体化したときばかりは仰天した。

ブルは好奇心旺盛にその奇妙な物体を見た。テラのクモを思いださせる。ちいさくて平坦な胴部を八本の細長い脚で支えるつくりのようだが、いま移動に使っているのは六本のみ。のこる二本は把握アームとなって横長の皿を支えていた。知覚装置は表面のどこにも見あたらない。だがロボットは、がらんとした部屋にふたつある家具のひとつであるちいさなテーブルにまっすぐ向かうと、そこに皿をのせた。

「これを食べろってことか」浅い皿の中身を疑り深くしげしげと見て、ブルはいった。

ロボットは反応しない。

「いつになったらクーリノルにもう一度会えるんだ？」と、ブルはたずねた。

ロボットが退出しはじめた。からだの向きはそのままでさがっていく。

「あまり話し好きじゃないんだな」ブルは辛辣《しんらつ》にいった。

次の瞬間、ロボットは消えた。あらわれたときと同じく、突然に。ブルはロボットを追おうともしない。消えると同時に出入口も閉ざされたと確信したから。

ブルは古めかしい肘かけ椅子に腰をおろした。この部屋の家具のもうひとつがこれである。皿の中身をじっくりと検分する。黄色いソースに肉の塊りが浸かり、その横でカラフルな野菜が山になっていた。横にはテラのスプーンに似たひしゃくが一本置かれている。ブルは考えこんだ。これまでメルラーが見せてきた抜け目のなさから判断するに、出されたものは食べられると踏んでいいのだろう。だが、クーリノルがブルをよりすぐりの料理でもてなす理由など、どこにある？

ブルは肉の塊りのひとつをひしゃくですくい、口に押しこんだ。慎重に嚙みはじめる。実際のところ、クーリノルはまったく悪くないものを選んできた。テラナーの味覚がよろこぶものを知っているということ。

そうして口のなかのものをゆっくりとのみこむと、椅子の背にもたれ、待つ。自分のからだと、からだの反応のことなら、二千年以上にわたる人生経験から理解している。ほかの者なら見逃すようなことでも、すぐに気がつくというもの。奇妙な軽《かろ》やかさが意識に入りこんできたのがわかる。クーリノルのことを考えても、急にその手口を許せる気分になった。あの男は、商売人としてのあらゆる倫理に反してひとりの客を拘束したうえに、メリオウンと永遠の戦士がかわしたわずか数分の会話を盗み聞きしたことに対して、ホワルゴニウムの塊り二十三個という法外な報酬をわたせば解放してやるといった。とはいえ、それくらいのことであの男を責められるものだろうか？

レジナルド・ブルは、はっとして皿を押しやった。

「きみはだれにでもこんなことをするのかもしれんが、わたしには通用せんぞ」と、憤然という。「恥を知れ。客の食事に薬を入れるとは」

時間をかけて、意識を変化させる作用が弱まるようすを観察した。疑いの余地はない。食欲にまかせてこの料理を腹におさめていたら、いまごろは意志を失ってクーリノルの餌食《えじき》になっていただろう。すべてのホワルゴニウムをよろこんでさしだしたにちがいない……いまポケットに入っているぶんだけでなく、調達できるものすべてを。そのあとでなにが起きるかは確実だ。あのメルラーがだました客を外に出すわけがない。名誉に永遠の傷がつくから。レジナルド・ブルを消すしかない……ただし、奪えるかぎりのホワルゴニウムを手に入れたあとで。

ブルは周囲に目をやった。この小部屋は息苦しいほど殺伐としている。床は四メートルかける五メートルの四角形、高さは三メートル、家具は椅子とテーブルだけだ。天井の照明プレートは目が痛いほど明るくまぶしい。窓もドアもなく、壁、天井、床、すべてがフォーム・エネルギー製で、そのプロジェクションは、打ちっぱなしでほとんど手のくわえられていないベトンのようである。クーリノルの話によれば、ここエリュシオンはセポル星系の歳の市でもっとも多彩なお楽しみを提供する場所で、最大の娯楽施設だという。ゆうに一キロメートルの直径を持つ球体だが、いまその球体のどこにいるのか、ブルにはさっぱりわからなかった。この部屋には折りたたみ通路を通ってきたから。推測によれば、折りたたみ通路とは、ある場所に設置された装置ではなく、遠方から投影できる輸送フィールドだろう。銀河系では科学分野が長いこと、比較的長距離をまたぐプロジェクション・タイプの転送フィールド原理の開発にとりくんでいるが、その研究はわずかに進歩したのみである。だがこの問題は、ここエレンディラ銀河ではとっくに解決されているようだ。

現状、ブルに打てる手はほとんどなかった。武器がないのだ。不文律によって歳の市での武器携行は禁じられている。これまで見たかぎりでは、だれもがこのルールを守っているようだ。ブルが着用しているセランは、ヴィールス物質製だから〝ヴィラン〟とも呼ばれ、精巧な技術装置がしこまれている。この防護服を使えば、もちろん助けを呼ぶことはできる。エリュシオンに捕らえられていると《エクスプローラー》の乗員に知らせることもできるだろう。だが、それでどうなる？　歳の市の客は何百万もいるのだ。

仲間のひとりを最大の娯楽施設から解放するために、完全武装したヴィーロ宙航士の一団がここを急襲するなど、客たちは認めないだろう。そんな話がメリオウンの耳に入れば、兵士に命令をくだすはずだ。《エクスプローラー》の訓練不足の星間放浪者たちが、戦士の軍勢を相手に勝てるはずはない。

考えこみながら、ブルはテーブルの横を歩き、半時間ほど前にロボットが実体化してすぐに消えた場所を通りすぎてみた。もちろんなにも起こらない。折りたたみ通路はとっくに機能しなくなっている。だが、突然アイデアが浮かんだ。無謀とはいえ、なにかはするべきだろう。

＊

《エクスプローラー》に救援をもとめるなど論外である。だが、わずかな混乱でもこちらの利になるはずだ。プシカムでメッセージを発すれば、傍受されて解読されるだろう。さらに、かれがいまいるこの部屋は監視されているにちがいない。どちらもこの作戦には好都合だった。

セランのいくつかの機能は、完全な出撃態勢にあるときにだけ……つまり、ヘルメットが閉じている場合にだけ起動できる。プシカムはこのかぎりではないが、それでもブルはヘルメットを閉じる指示を出し、頭がおおわれてロックされるまで待った。これも戦術のうちだ。ときどきヘルメットを閉じるのだと、不可視の監視者に慣れてもらうためである。

「プシカム、コマース周波で」ブルは簡潔にいった。

「プシカム作動、コマース周波は使用可能です」マイクロシントロン・システムが瞬時に応答。

レジナルド・ブルは内心ほくそえんだ。コマース周波は二基のコンピュータが情報交換のために応答しあうチャンネルである。この周波帯で音声データが発せられるとは、だれも予想しないだろう。この周波を使う者は、風に向かって話すようなものだから。

「ストロンカー・キーンへ……こちらブル」と、はじめる。「ぺてん師の手に落ちて身動きがとれない。助けてくれ。エリュシオンと呼ばれる場所にいる……」

そうやってできるだけ状況を説明した。ステクティト種族で、ウリポールという名前の客引きを探すようにいうのも忘れなかった。

「やむをえなければ、ウリポールを脅迫しろ」こうメッセージを締めくくる。「わたしがこの球体のどこにいるのか、かれがいちばんよく知っているはずだ。そのほかはそっちにまかせる。あまり長く待たせないでくれ。受領確認は不要。以上だ」

ブルはインターコスモで話した。クーリノル配下の専門家がこの言葉を解読するまで、いくらか時間がかかるはずだ。メルラーはヴィーロ宙航士たちの襲撃が目前に迫っていると思いこみ、大至急、対抗処置をとるだろう。これで相手の気をそらせる。無謀な計画が成功する見こみが多少は増すというもの。

　そのとき突然、クーリノルの声が聞こえて、ブルは驚きに跳びあがりそうになった。

「こちらの申し出は検討していただけましたか？」

　レジナルド・ブルはゆったりと振りかえり、ヘルメットを開けた。メルラーはいつもの姿で実体化している。ヒューマノイドを模したらしき輪郭の、半透明の霧だ。

「検討することなどない」と、ブル。「宇宙のすべてのホワルゴニウムを持っていたとしても、きみには一グラムもわたさない」

　霧が数歩近づく。レジナルド・ブルは、霧の顔がはっきりした表情を帯びた気がした。黒い目がかれを見すえる。偏屈そうな鼻がそそり立ち、口は幅広で唇は薄い。好感の持てる顔ではない。メルラーの顔を見るたびに、ブルは自問する。眼前にいるのはなんなのだ？　この霧はどこかべつの場所にいる者のプロジェクションにすぎないのか、それとも目の前に見えているのはほんもののメルラーなのか？　この者はエネルギーでできている？　あるいは、この霧は実体を持つ、触れられる身体物質なのか？

　薄い唇が動きだした。

「ま、体力の衰えにまだ気がついていない者の、思いあがった言葉ですな」クーリノルの鼻にかかった高い声はその顔と同じで、感じが悪い。「見たところ、食事にはほとんど手をつけておられないようだ」

「毒入りサラダは自分で食べたらいい」ブルは低くいった。

「べつの料理を出しましょう。それからまたべつのを、さらにべつのを……腹が減って食べずにいられなくなるまで」

レジナルド・ブルは肩をすくめた。返事は省略する。霧が部屋の奥にさがっていった。

「この部屋を生きては出られぬとおわかりのはず。わたしの要求をのめば、話はべつですが」と、クーリノル。

「この部屋を生きては出られんとわかっている。もしこの件がきみの思いどおりにいけばな。ホワルゴニウムをすべてわたしたところで、きみはわたしを解放しないだろう。正直な商売人だという評判が、これを最後に消し飛んでしまうのだから」

メルラーはこの言葉に応じなかった。しばらく左右に浮遊してから、

「ところで、ウリポールがあなたの居場所を知っているとお考えなら、それはまったくばかげたことですよ」

次の瞬間、クーリノルは消えた。レジナルド・ブルは憤然たる笑みを浮かべて、ついさっきまで話し相手のいた場所にうなずきかけると、低くいった。

「きみがその話をするかどうか、それを知りたかったのさ」

*

ロボットがふたたびあらわれたとき、ブルがヘルメットを閉じていたのは、たんなる偶然である。だが、かれのプランにはうってつけだった。セランが防御のために展開するフィールド・バリアは、防護服が完全な出撃態勢になければ作動しないから。

今回ロボットが処理すべきことは少々複雑だった。テーブルがちいさいために、二枚めの皿を置くには、まずはじめに最初の皿をとりのけなければならない。この作業に四本の脚を使うことになり、のこる四本の脚ではしっかりと立てないようだ。

レジナルド・ブルは退屈したような顔をして、それを見ていた。だが、ロボットが二枚の皿を同時に持ってバランスをとる決定的な数秒間が訪れると、攻撃にうつる。

「フィールド・バリア、最高強度で」と、小声でいう。

その瞬間に轟音《ごうおん》が響いた。エネルギー・フィールドの作用領域にいたロボットが、フィールド・バリアに猛然と跳ねかえされて横に飛び、壁にたたきつけられたのだ。皿が床に落ちて派手な音が響き、華奢《きやしや》なロボットの脚が三本折れた。かたいポリマーメタル製のボディはもはや動かない。

これで真実を知るときがきた。ブルの予想では、通過と同時に折りたたみ通路を閉じているのはロボット自身である。そうやって虜囚がロボットを追うことを阻止しているのだ。この理論によれば、ロボットがこの部屋にいるあいだ、通路は開いているはずだ。

クモに似た物体が実体化した場所に近づく。予想どおりだ。部屋が消えて、ぼんやりした光とさまざまな音に満たされた空間がブルのすぐそばに出現した。視界のすみに、沸騰するような音を発する巨大なマシンブロックをいくつも認める。このホールのひろさは、おおよそしかわからないが、奥行きはすくなくとも三十メートル。蒸気がたちこめ、照明が暗いので、視界がきかない。マシンブロックのあいだで八本脚のロボットが何体も動きまわっている。

ブルはじっとりと水滴の伝うグレイの壁のすぐそばに立っていた。壁は高い天井までつづいている。フィールド・バリアのことは、折りたたみ通路を通るさいにマイクロシントロン・システムに音声指示をして切っておいた。頭上の空中にグリーンと黄色、ふたつの発光マークを認める。折りたたみ通路の位置をしめしているようだ。一歩あとずさり、もう一歩……そこで壁に背中が当たる。通路が閉じた。ブル自身がロボットのかわりに通ったことで閉じたのだ。

ヘルメットを開く。暗いホールの空気は熱く、湿気が充満していた。名状しがたいにおいが次々に鼻に入ってくる。どれもいやなにおいではなく、なんとも食欲をそそられるものまであった。厨房にきたのはまちがいない。ここで食事が用意されている、しかも大量に。ここから、かれを意のままにしようとしたあの料理もとどいたのだろう。

あとどれほど時間があるのか、ブルにはわからなかった。ついさっきまで自分のいた部屋を、クーリノルがつねに見張っているとは思えない。あのメルラーが虜囚の脱走を知るまで数分はかかるはずだ。第一の脱走経路が厨房にいたる道だというのは、動かしがたい事実である。次なる成功は、このホールに出入口がいくつあるかにかかっていた。出入口はいずれもシュプールとなり、クーリノルはすべてを追わなければならない。分岐が多ければ多いほど、脱走者の確保はむずかしくなるというもの。

調理マシンは、細長いホールの長いほうの壁に沿って両側にならんでいた。マシンのあいだに幅十メートルの通り道があり、クモ形ロボットが足早に動きまわっている。そこへ、ホールの奥から一浮遊機が接近してきた。マシンの前で停止すると、漏斗《ろうと》状の投入口に積み荷を入れていく。つまり、ここでマシンが材料を受けとってよりすぐりの料理をつくり、要求の多い美食家たちに提供しているのだ。

マシン二台のあいだに、ブルは探していたものを見つけた。横の壁で黄色い光がかすかに光っている。かれが実体化した場所には黄色とグリーンのマークがあった。黄色いマークは折りたたみ通路の位置をしめし、グリーンのマークは閉鎖中ということを意味するのでは？　ならば、黄色い光だけなら折りたたみ通路が開いているしるしだ。この推測の真偽をすぐにたしかめたい誘惑に駆られたが、その前に、知っておきたかった。このメルラーが自分を追うためにどれほどの労力を割《さ》くのかを。

ブルは通路沿いに急いだ。グラヴォ・パックはあえて使わない。散乱放射がありがたくない注目を引きよせかねないから。八本脚のロボットはそしらぬ顔で、かれには気づいていないようすだ。次のマシン二台のあいだで左右それぞれにふたたび黄色い発光マークを見つける。ホールの突きあたりの壁に向かいながら、黄色いマークを十二個数えあげた。二カ所では黄色いマークの横でグリーンのマークが光っている。ブルの理論が正しければ、あそこでは通路が閉じているのだ。

これで成功の見こみは増した。クーリノルはここから十二のシュプールを追うことになる。これは利点だった。さらに多くの分岐がある場所に行くごとに、メルラーの追跡は何倍もむずかしくなるわけだ。こちらが追っ手から逃れる可能性は充分にあるというもの。

状況が好転して、ふと気がゆるんだのだろう。十五メートル前方の壁に突如、開口部ができ、そのアーチ形の穴からまばゆい光が薄暗いホールへ注《そそ》がれたとき、ブルはまさに不意をつかれた。本能的に左にジャンプして、大きなマシンブロックの陰にかくれる。マシンの土台のうしろからのぞくと、浅皿のような一グライダーが開口部を抜けて飛びこんできた。皿形グライダーには、不恰好な有機生命体が三名乗っている。自分を探しにきたと考えてよさそうだ。

そのグライダーは旋回し、ブルのそば、マシンブロックふたつのあいだで静止した。

高さ五メートルの空中に浮かんでいる。投光器が点灯し、その照り返しが天井を明るくした。言葉が聞こえる。力強くて低い声で、奇妙にぎゃあぎゃあとしゃべっている。

「ここではなさそうだ」

ブルはそのとき、むだにできる時間はないと悟った。かくれているマシンブロックの上に目をやると、マシンの表面にはたくさんの突出部やへこみがあるのが見えた。それを伝ってよじのぼりはじめる。めざすは床から八メートルの高さにある半球状のくぼみである。そこまで行けば安全だろう。投光器の光の円錐にとらえられはしないはずだ。

グライダーはホールの向こう側に飛んでいって捜索をつづけていたが、いま、こちらにもどってきた。ブルは細い配管沿いに進み、無我夢中で上にあがるすべを探した。汗が顔を伝い、力がつきてくる。まだグラヴォ・パックは使えない。そんなことをすれば、確実にこちらの居場所が追っ手に伝わってしまう。

人間の上腕ほど太いチューブが上から垂れていた。それをつかみ、チューブを振り子のように揺らしはじめる。ブルはマシンブロックのなめらかな壁沿いに数メートルほど弧を描いて、梯子《はしご》を発見。その梯子は、なぜかなにもないマシン面のまんなかからはじまり、上方の棚のような突出部につながっていた。めざす半球状のくぼみは、そこからすぐである。ブルはチューブを大きく揺らして、ついに梯子の横木に手をかけた。チューブをはなし、梯子をのぼる。数秒後、くぼみのはしに到着。

だが、すべてがぐるになって自分に陰謀をしかけているような気がした。マシンのまるいくぼみの陰に入ったその瞬間、重い金属部品がたてるような派手な轟音が聞こえたのである。赤みがかった照明が点灯し、ぼんやりとした光のなか、幅広のぶあついプラットフォームがくぼみの向こうからやってくるさまを認めて、ブルは驚愕した。かわすひまはない。あのプラットフォームに突き落とされ、深みに投げだされてしまうだろう。プラットフォーム上には鍋のような物体がいくつもならび、どれも高さは二メートルほど。鍋からは湯気があがり、コショウと熱いグミキャンディがまじったかのような濃厚なにおいがした。

ほかに逃げ場はない。プラットフォームがそばにきたとき、ブルはすばやくジャンプしてそのはしにしがみついた。ぶらさがったまま、からだを振り子のように揺らし、最後に必死で筋肉を緊張させると、プラットフォームの上面に飛びあがった。数メートルもんどり打ち、湯気をあげる鍋のあいだに横たわる。

この移動が一秒でも遅れていたら、あぶなかった。皿形グライダーが前方のマシンブロックふたつのあいだにあらわれて、投光照明が点灯したのだ。耐えがたいほどの明るさが隙間を満たす。レジナルド・ブルは湯気をたてる鍋の影のなかに横たわり、身動きひとつしない。影のはし、ぎりぎりにいるのだから。プラットフォームが回転をはじめて影が動くと、暗い部分がひろがった。ブルはまだしずかに横たわり、筋肉の緊張をほぐす時間を稼いだ。

プラットフォームはゆっくりと進み、揺れもせずにホールの壁に向かう。投光照明が消灯し、未知者三名を乗せたグライダーは飛び去った。ブルは仰向けのまま上を見て、黄色い発光マークがあらわれるのを目にした。プラットフォームが折りたたみ通路を通ろうとしている。

なんてこった、と、ブルは胸のうちでいった。これじゃ、だれかの食事に出されてしまうぞ。

2

搭載艇は半時間ほど前から、乳白色の明るさをたたえた空間を漂っている。計測は完了した。外の空気は呼吸可能で、気圧は八百ヘクトパスカル。温度は摂氏十八度、湿度は百パーセントだ。乳白色の光は、空洞の壁で展開する化学プロセスに起因している。

もはや疑いの余地はない。搭載艇が収容されたこの宇宙船は有機生命体だ。イルミナ・コチストワは最初、戦士の言語ソタルク語で話しかけてきた声は録音にちがいないと思っていたが、もうわかった。この船自体に話す能力があるのだ。

生きていて、知性を持つ船……その奇蹟にミュータントの心はとらえられ、一時間前に起きたこともすべて忘れた。エルファード人ヴォルカイルに追われて、リング技師ベ＝ルコの宇宙船からあわてて脱出し、無鉄砲な飛行で追っ手を振りきったのだったが。

有機生命体である船だけが彼女に関心を向けてくれた。この異質な生命体は自分自身を〝患者〟と呼んだもの。ミュータントの超感覚が無意識に働きはじめる。メンタル触手で船体の細胞組織を探ると、その構造の非凡さに魅了され、メタバイオ変換能力者の好奇心が目ざめた。十五分のあいだ、巨大な船体を数百メートルはしる神経索を追っていく。そしてついに、数トンもの神経物質の集積体の位置を突きとめた。そこが船の脳なのだろう。

惑星マガラで確実に死ぬところをイルミナに救われた、侏儒《しゅじゅ》のような同行者キドは、いま船の最初のひと声を聞くとあわてふためいて逃げ、どこかにもぐりこんだ。だが、いまはふたたびあらわれている。かれもまたイルミナに似た能力の持ち主である。メンタル性のゾンデをそなえ、あらゆる有機体の細胞組織を透視して介入することができる。マガラでイルミナの治療を受けたさいに、過去の記憶をすっかりなくしたが、そのミュータント能力はふたたび目ざめたのだった。

キドはいま、もじゃもじゃ眉の下の吊りあがった目を閉じている。これはきわめて集中しているとしめすもの。三角形の口は唇がかたく閉じられ、グレイの顔に刻まれたたくさんのしわに埋もれてほとんど見わけがつかない。その表情のまま、ここ十分間、床にうずくまっていたが、急に目を開けると、膝をかかえていた腕をはなして勢いよく立ちあがった。

「じゃましないで」いきなりだったので、イルミナは思わず驚く。「たったいま、見たこともない細胞構造を見つけたところだったのに」

「なんだよ」侏儒が甲高《かんだか》くいいかえす。「あなたは好奇心のままに考えてるだけじゃないか。ぼくはだいじなことにとりくんでたんだ」

「そのだいじなことって？」ミュータントはやさしく微笑して問いかけた。

「この船、自分は患者だといったでしょ？」キドは勝ち誇ったように、「冗談でそんな呼び方をしたと思ってる？」

「あなたにはわかったの……？」イルミナは驚いて口を開いた。

「うん、わかったよ」キドは力強くうなずいた。ふたりの会話はインターコスモである。侏儒はイルミナと数週間ともにすごしたのち、言語習得の真の天才だと知らしめたのだった。「まわりを見て、重要な発見をしたんだ。ぼくらの友はほんとうに病気だよ。全身に腫瘍《しゅよう》ができて、驚くべき速さでひろがってる。通常の生物物理学的な調整メカニズムではもう制御できない」

イルミナは息をのんだ。

「この船は、癌にかかっているということ？」信じられずにたずねる。

「あなたの言語ではそうなるね」侏儒は同意した。

「あなたたちは親切ではありませんね」その瞬間、船の低いうなるような声が告げた。「そのように話されると、わたしには理解できないのですが」

イルミナは最初、ぎょっとしてひと言も返事ができなかった。キドとはふつうの声で話していたのに。たしかに、音波は搭載艇の外被に伝わり、それを振動させる。とはいえ超高感度の計測機でも検出はむずかしいはず。イルミナの予想もしないことだったが、この船は聴覚をそなえているのだ。しかもそれは鋭敏で、搭載艇外被の微小な振動さえもとらえるということ。

「ごめんなさい」最初の驚きを克服すると、彼女はソタルク語でいった。「あなたが聞いているとは思わなかったから」

「わたしはつねに聞いています」船は断言した。「わたしは孤独な者。孤独な者は好奇心が旺盛なのです」

イルミナはこの機会を逃してはならないと思った。

「あなたは自分のことを患者と呼んだ。つまり、自分が病気だと知っているのね」

「遠い昔から」船は応じた。「ますますひどくなっています。健康維持のための負担は増すばかり。それでも日に日に悪くなるのです」

「どういう病気なのか、わかっているの？」と、イルミナ。

「いいえ。ただ、どこかがおかしいと感じているだけ」

「いまのところ、あなたのからだの働きについて理解できているのは表面的なことだけだけど……」ミュータントは話しはじめてすぐに口をつぐんだ。

「表面的なこと？　たとえ表面的でも、いったいどうやって知ったのです？　あなたにとってわたしは未知者。わたしのような存在と会ったことはないはず。なぜわかったのですか？」

イルミナは決意した。真実こそが最良の戦術だ。

「わたしにはあなたのなかが見えるの。わたしだけじゃなく、ここにいるわたしのちいさな相棒にも、同じ能力がある」

「それは驚くべきこと」船はふとためらってから、「そのようなことができる者がいるとは、聞いたことがありません。わたしがどんな病気なのか、わかったのですか？」

「ええ」イルミナはしっかりといった。

「危険なものでしょうか？」

「命にかかわるわ」

しばらく沈黙がつづいた。やがてざわざわとうつろな音がする。はげしく吹きつづけるビル風のような。ミュータントはそれがなにかわかって、胸のふさがれる思いがした。船がため息をついたのだ。その表出があまりに人間的で、イルミナはうろたえる。

「ずっと前からわかっていましたが、信じたくなかった。またしてもクカー種族の者が一名、落命する」船は低い声でいい、ふたたび間をおいたあと、あきらめたようにいいそえる。「ならば、受け入れましょう。それは変えられません。不死の者はいない」

「不死は無理かもしれないけれど」と、イルミナ。「あなたの命をのばすことはできるかもしれない」

「ほんとうに？」船が熱心にたずねる。

「わたしたちは、あなたのなかが見えるだけじゃなく、あなたの身体機能に影響をあたえることもできる。あなたを健康にできる見こみはあると思う」

こんどばかりは、船は言葉を失ったらしい。長い間をおいてから口を開いた。声から興奮が伝わる。その言葉は切れ切れであった。

「もしも……うまくいけば……永遠に感謝するでしょう！」

「やってみるわ」イルミナは決めた。「あなたはわたしたちを収容して、ヴォルカイルから守ってくれた。わたしはあなたに借りがある」

「わたしは強く大きな船です。健康にしてくれれば、あなたたちのためになんでもしましょう。行きたい場所へ送りとどけ……」

「わたしたちには自分の宇宙船があるから。ありがとう」ミュータントは申し出を断った。「まずは重要なことについて考えましょう。治療がうまくいくかどうか、まだわからないから。あなたの体内にスペースはある？　あなたの意識中枢、つまり脳の近くに行ければ行けるほど、治療はやりやすくなるの」

「あなたたちが必要とする場所に空洞をつくることはできます」船は請けあった。「さ、道をしめしましょう」

乳白色の明るさのなかで、グリーンのシグナルがまたたいた。イルミナは一秒たりともためらわなかった。光のマークを追うよう、搭載艇に指示を出す。

大冒険がはじまった。

*

周囲は不気味だった。搭載艇は体内に生じた空洞の底で停止している。空洞のかたちはじつに不規則で……筋肉組織が引きのばされて、患者を癒やそうとする異人二名のために場所をつくっていた。

イルミナ・コチストワは侏儒のキドとともに搭載艇を降りる。防護服のヘルメットを開け、心地よい驚きを味わった。船内の空気は新鮮でひんやりしている。酵母めいたにおいがまとわりついてきたが、嗅覚はそれをすんなりと受け入れた。

イルミナが足をおろした床の材質は、意外なほどしっかりしていて、かすかに弾力があった。壁は神秘的な乳白色の光をはなっている。船が体内の化学作用で光らせているのだ。壁自体はグレイから褐色までさまざまな色あいの木目模様である。不均質なのに、すべてが有機的で自然に見えた。一カ所だけ、からだの有機的成長が阻害されたらしい場所がある。イルミナはそれを目にして鳥肌が立った。

その場所は、ずいぶん前に壁に穴があいて、のちに白い粘土で埋めた、というふうに見える。近づいてみると、物質が奇妙な模様を描いていた。いくつもの溝がはしり、硬化した膜のような複数の構造体に分割されている。メタバイオ変換能力者にとって、この外見は一目瞭然だった。いま、未知生物の脳の前にいるのだ。

「わたしたち、からだをすこし楽にしておく必要があるの」イルミナはいう。その声は、希薄でひんやりした空気のなかで奇妙に甲高く響いた。「なにか、せめてすわれそうなものをつくってもらえる?」

「かんたんなことです」と、船は応じた。

搭載艇のそば、不規則に形成された白い脳物質の表面から八メートルほどはなれた床で、動きがあった。組織が盛りあがり、遠くから見るとベンチを連想させるかたちとなる。そのベンチにはくぼみがふたつ。大きいほうがイルミナ、ちいさいほうがキドのすわるところだろう。ミュータントは類《たぐ》いまれな家具をためしてみた。快適である。手袋をはずしてベンチの表面に指で触れると、心地よい温かみとかすかな鼓動が感じられた。組織をつらぬく生命流のリズムだ。

自分が引き受けた治療の大変さについて、ミュータントは幻想をいだいていなかった。むずかしくはないが、膨大なのだ。ひろがる癌の転移をおさえ、さらなる癌細胞の発生を阻止するのは、曲芸でもなんでもない。だが問題は、患者のからだがあまりにも巨大だという一点につきる。隔離すべき腫瘍は数トンにもなり、発癌の恐れをゼロにするまでどれほどの遺伝子操作が必要なのか、想像もつかなかった。

いま、集中力は副次的な問題にすぎない。そうイルミナは判断した。むずかしくはなく、作業量が膨大なだけだから。そこで、治療者と患者の心理的同調というあらたなプランが頭に浮かんだ。自分とキド、それに対する船とのあいだに、プシオン性の共鳴を起こす。これにより、患者のメンタル・エネルギーの一部を治療に導入するのだ。そうすれば、キドとふたりでおこなう作業の量を大幅に減らせるはず。

この共鳴を起こす方法なら、わかっている。

「あなたに名前はあるの？」イルミナは船に訊いた。「〝患者〟のほかに、ということよ？」

「出身地ではヤダーと呼ばれていました」と、船。

「どういう意味なの？」イルミナはたずねる。ソタルク語の語彙のようには聞こえなかったから。

「〝エレメント四〟という意味です。われわれの種族は数が非常にすくないから、名前は同じで、そこにわれわれの言語でいう数字がつくのです」

「わかったわ、ヤダー。あなたについて聞かせてほしいの。あなたがどこからきて、なぜ戦士の輜重隊にくわわったのか。あなたの意識の原動力がなにで、どんな目標を追っているのか。それを知りたいから。すっかり話してもらえる？」

「わたしについて聞きたいと？」驚きとよろこびが同時にこもった問いかえしだった。

船の物語に興味を持つ者があらわれたのは、はじめてなのだろう。「その話をしたあと、わたしを治してくれるのですか？」

「治療はその前にはじめるわ、ヤダー」と、イルミナ。「あなたが話しているあいだ、わたしたちは治療にとりくむ。あなたが自分のことを話してくれれば、こちらもやりやすくなるというわけ」

「よろこんで話しますとも。わたしの生涯は平凡ではありません。多くのことを目にするうちに、自然が創造力を使うさいは、クカーの場合とはおおむね違うやり方をするのだと知りました。自然は、数すくない巨大な者からなる種よりも、数多くのちいさな構成員からなる種のほうを好んでつくりだすのです。

しかし、多くを先どりするのはよしましょう。わたしの物語を聞いてください」

イルミナ・コチストワは、目を閉じた。船の言葉が響くなか、キドとともに、メンタル・ゾンデを病んだからだに挿入する。

ヤダーの物語

なぜ自然がわれわれをこのようにつくったのか、それはどうしてもわかりません。わたしとしては、実験をしただけなのではないかと思っています。

われわれの推測によると、われらの始祖はプロトプラズマの塊りです。そのプロトプラズマは創造者である自然から特殊な力を授けられ、高度に発達した能力をそなえていました。あらゆる種類の観察をおこなって、その結果を、さしあたり理解はできずとも、意識の奥に保存することができたのです。原初のプラズマ塊は分裂し、その子孫はさらに分裂していきました。プラズマ体へのエネルギー供給は、そもそものはじめから光合成によっておこなわれていました。われらの早期の祖先にとり、恒星の光が命の源だったのです。同じように、クカー種族の最後の世代であるわれわれも、光のみによって生きています。

光だけが過剰になりすぎないエネルギー源なのです。われらが祖先は、はじめから移動に問題をかかえていました。プラズマ塊が分裂したのちは、生まれた場所から体長の数十倍ぶんだけ転がり、やがてそこにおちつきます。故郷惑星クケの表面は大部分が水でおおわれ、大陸はひとつだけですが、それさえも、ほかの酸素惑星の陸地にくらべればちっぽけなもの。しかし、われわれはひろい空間を必要としないので、それは障害にはなりませんでした。どこかの宙航士が発展初期のクケにきていたら、奇妙な絵のようだと思ったことでしょう。森、草原、川があり……その草原に、灰褐色のプラズマ塊がひしめきあっているのですから。

自然はわれわれに慈悲をあたえました。進化は一足飛びの突然変異によってではなく、徐々に成熟するかたちで起きたから。世代を重ねるうちに知覚メカニズムは深みを増し、追加の情報も集めながら、われわれはしだいに個を形成しはじめました。時とともに、上の世代から伝えられた情報をいくらか理解できるようにもなっていきます。その情報を自分たちの観察結果と比較して、祖先はわれわれほど首尾一貫した観察をしていたわけではない、という結論にいたりました。いいかえれば、われわれは祖先よりも知的になったと感じたのです。

しかし、わたしのいう〝われわれ〟は、わたし自身の世代ではなく、真の意味でクカーと呼ばれるようになった最初の世代のこと。かれらといま生きているわれわれとは、ふたつの点で異なります。からだの大きさと、繁殖力で。

こうして、われわれ、周囲の世界を相関関係のなかで認識し、手をくわえようと考えはじめました。それでも、エネルギー源はつねに光でした。宇宙のほぼすべての知性体がそうするように、周囲のものを食糧とすることは一度もなかった。

やがて、利用できるエネルギーを巧みに分配することで、若干の移動ができるようになります。そこで、自分たちの島を調査しました。大海にも進出し、そこには陸よりもはるかに多様な生命が存在することを発見します。われわれは……つまり、クカーの最初の世代は……以前と変わらぬ分裂増殖能力を有していました。海洋の島で百万以上のクカーが暮らしていた時代があったのです。

そこにカタストロフィが起きました。われわれの島から遠くはなれた場所で海から火山が出現して、何年ものあいだ、惑星の内部から熱と灰を吐きだしつづけたのです。火山の息がぶあつい真っ黒なマントのように世界をおおいました。恒星は姿を消し、何年も見ることがかなわず、クケに永遠の夜が訪れます。恒星の光に依存していたわれわれは、死の危機に直面したということ

そこでひとつのアイデアが出されました。あまりにも多くの生命体が存在するために恒星光をもとめる表面積が膨大になるのだから、われわれ、合体することにしたのです。数を減らしてより大きな個体を形成するしかない、と。ひとつの大きな生命体ならば、暗黒期のあいだ、体内物質をとりこみながら何百年もまどろんでいられる。いつか恒星がもどってくれれば、ふたたび分裂して、昔の生き方を再開できるでしょう。

われわれは合体し、百万以上のクカーから十六の個体が生じました。念のためにいうと、融合の試みはつねに成功したわけではありません。失敗すれば、参加した個体は融合の過程で死ぬことになる。当時、何十万ものクカーが落命しました。十六体の生存者は、祖先の数千倍もある巨大な形成物となります。体熱を放出する表面積をできるだけ減らすべく、球体となり、すでに植物の消えた大地で山のごとくじっとしていました。その姿はまるで……いや、どのような姿だったのか、わたしを見ればわかるでしょう。わたしはその十六体のうちの一体なのだから。

イルミナのメンタル・ゾンデは手探りをしていた。腫瘍を見つけると、免疫組織の厚い膜でつつんで隔離する。さらに次の転移場所でもつづけていく。

クカー種族の歴史を語る声のリズムに合わせて、彼女は治療を進めた。ヤダーのメンタル・エネルギーが流れこむさまを感じて、そのエネルギーを次の免疫層生成に注入する。骨の折れる作業ではなかった。自分の力はほとんど投入せずにすんだから。退屈な作業になりかねなかったが、宇宙でも非凡な種族の成立をめぐる物語が、退屈など吹き飛ばしてくれた。

＊

われわれは生きていました。最低限の活動しかせず、失神に似た状態がせいぜいのところですが、それでも生きていました。精神力の残滓《ざんし》を使って、惑星の大気を満たしていた塵灰《じんかい》が徐々に減っていることを知ります。空は明るくなり、ある日、恒星があらわれました。つまりわれわれ、大カタストロフィを生きのびたということ。以前の生き方にもどることができるのです。

ところが、もはや分かれられないと悟ったときには、どれほど落胆したことか！　各個体の意識が融合した結果、大個体の均質な一意識へと統合されたことは、ぼんやりとした状態でも気がついていました。それがいま、からだもひとつになったことを思い知らされたのです。個体に由来する記憶はすべて失われ、分裂することはできなかった。

しかし、ショックはわずかなあいだしかつづきませんでした。恒星の光がふたたびわれわれを命で満たし、意識が能力をフル作動させると、自分たちはべつの存在になったことが理解できたから。何千もの個体がひとつの大個体へと融合して、これまでの経験をはるかにしのぐ思考力が生まれていたのです。

その瞬間にはじまった時代を、わたしはクカー種族の全盛期と呼んでいます。われわれは研究や思索を重ねました。子孫を生みだせぬことは重荷にはならなかった。まもなく、ほぼ不死になったとわかったから。身体物質はなおもプラズマ性原物質の特性をそなえていて、死んだ細胞はあらたなもので置き換えられます。もちろん病気にならないわけではありませんが、からだが抵抗力を持たない病気はすぐに見つけて治せるようになりました。そしてある日、宇宙全体をつらぬくプシオン性エネルギー・フィールド・ラインのネットを発見したのです。

遠い昔から星々に興味はありました。入念な観察と計算により、夜空にあるほとんどの光点はわれわれの恒星に似たもので、何倍もはなれているだけだと突きとめていたから。惑星に由来する光点もひと握りほどありました。それらはわれわれに命をあたえる恒星を周回している惑星で、比較的近くに存在します。プシオン性フィールド・ラインのネットによって宇宙を直接探求する手段が手に入ったので、われわれ、フィールド・ライン沿いに飛行する練習を何百年もしました。そして、ついに旅立ちの瞬間がきたのです。

われわれはそれぞれに、行きたいと願った宇宙の方角へと向かいました。そのときから、だれもがおのれだけをたのみとしたのですが、一定期間ごとに故郷世界へもどろうと約束をかわしました。ただ、異なる宇宙領域では時間の流れが違うために、再会の正確な時期を定めることはできない。そこで、クケへの帰還者は、自分がそこに帰ってきたというメッセージをのこすことにしたのです。

わたしは同族のなかでもいちばん臆病だったのでしょう。クケで目にしたメッセージから、同族の何名かは、はるか遠い宇宙まで進出したと知りました。それにひきかえ、わたしの旅はこの故郷銀河にかぎられていた。エレンディラ銀河と呼ばれるのだと、ずいぶんあとになって知りましたが、奇蹟ならここに充分あるのです。大いなる旅立ちののち、あわせて十二回クケにもどりましたが……あの惑星に滞在するのはいつもほんとうにうれしい時間でした。そこでは種族の一員だと感じられたから。ちいさな種族だとしても、ひとりぼっちではないと。同族には三回会ったことがあります。その相手とならんで横たわっては、経験をわかちあったり、昔のことを話したりしました。

自分が病んでいることに気がついたのは、最後にクケを出発したのちのこと。からだを調べましたが、不調の原因は見つかりません。なんにせよ、この病気はクカーが過去に克服してきたものとは違っていて、わたしはもうすぐおしまいなのだとわかりました。時とともに不調はひどくなりましたが、観察と理論的考察から、病気そのものはコントロールできずとも、体調の悪さをおさえる方法を見つけだすことはできたのです。

その方法とは、ある特定の異物質を体内にとりこむこと。このやり方でうまくいきました。ただ、ひとつだけ欠点があります。それは高くつくのです。

みじかいとはいえぬ人生ではじめて、わたしは金銭や金銭的価値という概念を知るはめになりました。

*

最後の免疫隔離カプセルを閉じて、最後の転移を無害化すると、イルミナ・コチストワは安堵の息をついた。額をなでて、指にうっすらと汗がついたのが目に入って驚く。治療の作業は、はじめに考えていたよりも大変だったようだ。

まだ遺伝子操作がのこっている。悪性の酵素をつくった、つまり腫瘍を生みだした遺伝子の操作だ。イルミナはキドとみじかく視線をかわして意思疎通した。彼女のいわんとしていることを、ちびは理解している。

治療のプロセスが、最終段階に入ったのである。

＊

永遠の戦士とその軍勢については、すでに以前から耳にしていました。大規模な輜重隊のことも何度も聞きました。かれらは、戦士が恒久的葛藤の試験を課す宙域にならどこにでもあらわれて、そこで歳の市を設営するといいます。歳の市の開催中は商売がおこなわれ、うまく立ちまわれば大儲けができるのです。

わたしは商売に使える実体のあるものはなにも持っていませんが、自身や祖先が集めたありったけの情報なら手にしています。しかしなによりも、わたしのなかには種族全体の何十万年にもわたる経験が生きていたのです。

そこで、情報を元手に取引をはじめました。ほかの者にとって興味深いことをたくさん知っていたから。たとえば、あれこれの鉱物がどこで見つかるのか、あるいは、厚顔無恥な者がひと儲けできる外交上の紛争がどこで起きるのか。伝えたことすべてと引き換えに、わたしは金銭を受けとりました。おかげでまもなく裕福になり、治療に必要な高価な物質を充分に買うことができたのです。その物質はたいてい歳の市のどこかにありましたが、ときおり、歳の市とはべつのところで店をかまえる星間商人のもとへも行くことになりました。

そういうわけで、わたしは平穏に暮らす幸福な者のはずだったのです……この病気さえなければ。痛みはほとんどありませんが、病気が悪化しているのはわかる。いつの日か病《やまい》で思考力が落ちはじめたとき、わが生涯の最終章が幕を開くのでしょう。

そのときまで、わたしは生き、探求し、学ぶつもりです。この宇宙にはじつに多くの奇蹟があり、驚きはつきることがない。永遠に生きられればいいのですが、運命はべつの決定をくだしました。わたしはそれで折りあいをつけていくしかありません。

＊

「折りあいをつけることなんかないわ」イルミナ・コチストワはいった。「運命はその決定をとりけした。あなたを苦しめていた病気はもうなくなったから」

異質な者が体内につくりだした、乳白色の光で満たされた空洞は、長いあいだしずまりかえっていた。やがて、低いうなるような声が発せられる。ミュータントにはすっかり聞き慣れた響きだ。独特な震え方をするくぐもった口調で、船は話した。

「あなたのいうとおりです。感じる。わたしを治してくれたのですね。体内をのぞいてみて、いまいましい腫瘍を保護組織構造がつつんでいるのが見えました。あなたたちはわたしを助けてくれた。わたしは生きつづけられる。感謝しなければ。どうお礼をすればいいのか、いってください」

「お礼なんていいわ。治療の能力は自然からあたえられたものだから。わたしたちにはそれを使う義務がある。あなたはわたしたちを守ってくれた。だから借りなんてないのよ」

「これからも守ることになるでしょう」船はいう。「あなたたちが逃げてきた追っ手はまだ近くにとどまっています。期待していたほど早く引きさがるとは思えません」

「ヴォルカイルね」イルミナは苦々しくつぶやいた。「わたしは《アスクレピオス》にもどらなければ。あそこなら手出しはされない」

「《アスクレピオス》というのは、あなたの船ですか？」ヤダーはたずねた。

「そうよ」イルミナは法典中毒者に使う血清を開発していたことを思いだした。ロワ・ダントンからベ＝ルコのもとへ同行するようにたのまれて、作業を中断することになったのだ。「だいじな用があるの。エルファード人がどこかに行く気になるまで、ここで手をこまねいているわけにはいかない」

「あなたの搭載艇を使えば気づかれてしまいます」と、ヤダー。「ここに置いていってはどうですか？　そうすれば、追っ手から逃げるのをわたしが手伝えるかもしれない」

「あなたが？」ミュータントは驚いて、「あなたにどんな手段が用意できるというの？」

「あなたの艇ほど見た目はよくないかもしれませんが、行きたい場所まで送りとどけられるはず。ヴォルカイルの気を引くこともないでしょう」

イルミナはその提案を検討した。さしあたり搭載艇をここにのこしていき、状況が沈静化してからとりにくればいい。いよいよとなれば、搭載艇は自力で《アスクレピオス》に帰還できるはず。

「わかったわ。ずいぶん思いきった申し出だけど、わかっているの？　わたしたちを助けたことが知られれば、エルファード人の怒りを買うことになる」

「エルファード人の怒りが、なんだというのです？」と、ヤダー。見くだしたような、軽蔑に近い口調に、ミュータントは思わず耳をそばだてた。

「あなたはなにも恐くないのね」考えこみながらイルミナはいう。「自分でも裕福だといっていた。うまい商売をしているということ。輜重隊メンバーや、もしかしたら戦士の軍勢に対しても影響をあたえられるんじゃない？」

「そのとおりです」船は認めた。「でも、影響を受ける者は、自分がどこから操られているのかを知りません」

「あなたはどんなふうに商売をするの？　商人たちがあなたのもとにきて？　ここで、かれらを体内に迎えるの？」

「代理がいるのです」ヤダーの口調から、答えづらいようすがうかがえた。秘密にしておきたいことがあるのだろう。

しつこく訊いて気を悪くさせるつもりなど、イルミナにはなかった。

「時間はむだにしないほうがいいわ。わたしたち、いつ出発できると思う？」

「あなたたちが最初に入った空間に搭載艇をもどしてください。そこに行けば、乗り物が待っているでしょう」

＊

それは、地味でいくらかたよりない外見をしていた。直径五メートル弱の、灰褐色の球体である。イルミナの搭載艇があるほうの側に、人ひとりがなんとか通れるほどの開口部があった。この奇妙な物体はヤダーが身体物質からつくりだしたにちがいない。イルミナは周囲を見て、大きな空洞の壁にすくなからぬ量の身体物質がとりさられたばかりの場所がないか探した。だが、見つからない。

「あなたはとりあえずここにのこっていてね」イルミナは搭載艇に話しかけた。

「話は聞いていました」おだやかな声が応じる。「うまくやってください。捕まらないように」

ミュータントは艇を降りて外に出た。キドがあとにつづく。侏儒はヤダーへの気おくれをとっくに払拭《ふっしょく》していた。自信たっぷりに動きまわり、やる気に満ちた目を輝かす。

「目的地はわかっています」イルミナと同行者が灰褐色の乗り物に乗りこむあいだに、

ヤダーはいった。「あなたの搭載艇に似たかたちをしている宇宙船ですね。どこに向かうべきか、ドラヤダーには説明しておきました」

「ドラヤダー？」ミュータントは驚いてたずねた。

「ヤダーの息子という意味です。恒星セポルの重力フィールドから受けとるポテンシャル・エネルギーを運動エネルギーに変換する、従来型のエンジンをそなえています。飛行中、周囲の光学映像もある程度うつしだせます。とはいえ、ヴォルカイルがこちらの計画を見抜いている恐れもある。そのような場合には自分の判断で行動するよう、ドラヤダーには指示しました。なによりも重要なのは、あなたたちの安全だから」

「ありがとう」と、イルミナ。奇妙な乗り物の出入口前でもう一度立ちどまり、「わたしたちが会えるのは、これが最後じゃないわよね、ヤダー？」

「搭載艇をとりにきてもらわなければなりませんから」

それについてはイルミナは確信できなかった。だが、いま不測の事態について考えても意味はない。ヘルメットを閉じて開口部を通り、いくらか平坦な床のある、不規則に形成された空洞に入った。この乗り物はヤダーの身体物質からつくられたとイルミナは考えていたが、足もとから伝わる、しなやかで弾《はず》むようにかたい感触から、ますますその思いが強くなる。

壁が発する乳白色の光も、見おぼえのあるものだ。奥では大きなホログラムが空中に浮かび、乗り物付近の外側をうつしだしている。数瞬、イルミナは考えこんだ。宇宙の真空で生きられ、恒星の光を栄養源とし、体内に含酸素空気で満たされた空間を形成できて、生体エンジン系統で宇宙空間を移動できるうえに、最新鋭の技術装置にひけをとらぬ画質のホログラムを表示できるとは、どのような生物なのだろうか？

クカー種族については、まだたくさんの謎がある。これは生命原則そのものを追求して理解しようとする存在論者にとって、刺激的な研究分野だろう。自然はクカーを創造するさいに失敗したというようなことをヤダーは話していたが、そのとおりなのかもしれない。いずれにせよ、この失敗がきわめて複雑で知的で繊細な生物を生みだしたのだ。かれらは技術を必要としない。身体機能を利用して技術を模することができるのだから……瞑想するだけで自然の秘密を見抜き、理解する、そのようなやり方で。

イルミナは、はっと驚いて物思いからさめた。後方で出入口が閉まる音が聞こえたのだ。それは二枚の皮膚層が重なったように見え、閉まるさいにぴちゃぴちゃという音がした。ちいさな乗り物の機体にかすかな振動がはしる。スクリーンで、《アスクレピオス》の搭載艇があとにのこされ、大きな宇宙船の外被に開口部ができるさまが見えた。

外では宇宙空間の暗黒が大きな口を開けていた。星々の光点や、歳の市の娯楽施設のカラフルな光がちりばめられている。ドラヤダーが母船の影をはなれると、恒星セポルが見えてきた。中心にヤダーのいる密集した宇宙船の集団は、グレイの回路図のようだ。

それらの船がますます速度をあげて上下左右に飛びすさっていく。ちいさな乗り物は驚くべき加速値を出していた。

イルミナは不安をおぼえてヴォルカイルの船に目をやった。これは無謀な行為だと、彼女にもわかっている。何百ものグレイの影や、何千ものきらめく光点のもと、たった一機の乗り物になにができるというのだろう。

なんの前触れもなくドラヤダーが話しはじめた。おだやかで明るい声をしている。若々しくさわやかで、ほんとうにヤダーの息子であるかのようだ。だが、かれの口にした内容は、よろこばしいものではなかった。

「われわれ、追っ手の目をごまかせなかったようです」

イルミナが返事もできないでいるうちに、ホログラム映像が切り替わった。光点が動きだし、見る者に猛スピードで迫りくるかのようだ。その光景は、ドラヤダーが一種のズーム機能で超拡大するにつれておちついてきた。

ついに光点がひとつだけになった。それは細長く、数カ所でくびれている。ぜんぶで八カ所。エルファード人の宇宙船は九個ならんだ球体で構成されている。九個の球体、と、イルミナは考えた。だからくびれは八つだ。

「距離は百五十ミリ光秒」ドラヤダーが告げる。「どんどん縮まっています。ヴォルカイルが追ってきている」

3

吼《ほ》えるような轟音、息づまる濃厚な空気に漂う未知者の体臭……それが、プラットフォームが折りたたみ通路を出て周囲がふたたび明るくなったとき、レジナルド・ブルが最初に感じとったものであった。

ブルは身を起こしてしゃがむと、まるい鍋の周囲を用心深く見て、身をかくそうとした。目に入ったものに息をのむ。折りたたみ通路が通じていた部屋は、大きなホールほどのひろさである。たくさんの見慣れぬかたちをしたランプがまばゆい白光をはなち、ブルはその光につつまれていた。この部屋に家具はひとつもなく、がらんとしている。それでも、部屋で宴会中の客たちはすこぶる機嫌がいい。

かれらは巨人である。はるか遠くまで旅をしてきたレジナルド・ブルでさえ、まずお目にかかったことがないほどの、いっぷう変わった外見の怪物だ。ここにいるのは六名のみだが、とてもひろい部屋とはいえ、それより多くは入るまい。だが、そのとんでもない大音声《だいおんじょう》は、何百もの喉から発せられているかのようだった。

ブルはすぐそばの巨体一名をとくと観察した。きわめてカラフルな衣服を着用している。柱のような四本脚で立っているが、その一本一本に人間のからだがすっぽりおさまりそうだ。そびえ立つ身長は八メートルくらいだろう、からだの上端から生えている吻《ふん》をべつにすれば、と、ブルは驚きながら考えた。この胴まわりを見たら、筋骨隆々たるハルト人でさえ、ねたみに色を失いそうだ。四本の腕は二対が上下にならび、横幅がすくなくとも三メートルある肩から生えていた。肩の上から円錐状に細くなり、一本の吻へとつながっている。吻の根もとでも、直径は人間の太股《ふともも》ほどだ。吻の長さはゆうに五メートルあって、いったん上に向かってから曲がり、からだの前に垂れさがっていた。

頭蓋骨といえるものはない。上半身の円錐状の部分に開口部がある。そこから吼えるような轟音が発せられて、ブルの聴覚を痛めつけた。からだ全体の大きさにくらべて、アンバランスに見えるほどちいさな口だ。その上にこぶし大の物体がいくつか……数は個体によって違うようだ……ついている。あれは目なのだろうとブルは思った。吻生物の皮膚は明るい褐色で、ベージュといってもいい。着衣はからだにフィットし、肩から脚の付け根までをおおっている。ニット生地と呼べなくもない素材だ。レジナルド・ブルが注目している者の着衣には、スペクトルのあらゆる色の燐光《りんこう》を発する飾りがほどこされていた。

耳が轟音の最初のショックからたちなおると、ブルはソタルク語でくりひろげられている会話の断片が理解できるようになった。

「おお、食事がきたぞ！」だれかが大声を出した。

「そろそろきてもいいころだ」カラフルな着衣の者がわめく。

プラットフォームは減速しながらその部屋に滑りこんだ。ブルは停止のさいにかすかな反動を感じた。

「われわれ、このために高い料金をはらったのだ！」吻生物の一名が叫ぶのが聞こえる。

「気にいらぬものを出せばどうなるか、覚悟してもらわなければ！」

「ばかなことをいうな」同族の一名が、叫んだ者を叱りつける。「ここはエリュシオンなのだぞ。ここで出されるのは一級品だ。それに、パキドル人をぺてんにかけようとする者がいるなら、一度見てみたいもの」

レジナルド・ブルは生きた心地がしなかった。パキドル人たちの吻が高い位置からさがってきて、湯気をあげる鍋に沈む。ずるずるぴちゃぴちゃという音、その合間にあちこちで満足げな名状しがたい物音が聞こえた。轟音に近いうなり声、あるいは、うなり声に近い轟音で、これは聞こえ方によって変わる。やがて、すぐそばで火山が噴火したかのような、ががらという爆音が響いた。生ぬるい空気がブルの頭上を吹きすぎ、堆肥の山のようなにおいにつつまれる。パキドル人の一名が、派手なげっぷをして満足を表現したのだ。

「健啖《けんたん》の善良なる霊にかけて」声がとどろき、プラットフォームが揺れる。「うまかった！　認めなくてはなるまいな。エリュシオンというのは……」話し手は途中で口をつぐんだ。レジナルド・ブルはとっさに鍋の陰の奥へと身をかがめる。見つかったと、第六感が告げたのだ。大音声が驚いた口調でつづける。「これはなんだ？　かれら、ただでちょっとしたデザートもつけてくれたようだ」

吻がおりてくる。ブルはよけようとしたが、腰をつかまれ持ちあげられた。カラフルに光るざらざらした布地の面が下を飛びすさる。ついさっきまで注目していた派手な着衣のパキドル人の手に落ちたのだ。いくつものことが一度に頭をよぎる。なにが降りかかるのかわからぬうえに、バリア・フィールドを作動させようにも手遅れだ。そのためにはヘルメットを閉じる必要があるのだから。デザートという言葉は信じたくなかった。このパキドル人たちは知性体だ。ブルが思考する生物であることを疑いはすまい。かれらが自分を食うかもしれぬと考えるとは、お笑いぐさではないか！

だが、ほんとうにお笑いぐさなのだろうか？

レジナルド・ブルは血の凍る思いがした。意図せずにたどった道は、巨大な口の前で突如、終わりを告げるのか。その口から生ぬるい呼気が吹きつける。活発な消化活動をしめすにおいがぷんぷんする。

先ほど吻がおりてきたとき、ブルは鍋の陰へとさらに身をよせていたため、そこからではパキドル人が吻で吸いとった食べものをどうするのか、見ることができなかった。吼え、がなりたて、大音声をとどろかす発話口の下にもうひとつ、摂食のための開口部があり、吻は鍋からとりだしたものをそこへと荷おろししていたのだが、かれにはそれが見えなかったのだ。摂食口に唇はなく、閉じていれば、パキドル人の皮膚に何千と刻まれたしわにあっさりとまぎれこんでしまうから。

だが、それがひとたび開くと、からだをふたつに裂かんばかりである！　開口部は上半身の円錐の基部を一周するほど。

摂食口内の巨大な空洞は奇妙であった。歯はなく、そのかわりに内側の縁沿いに骨ばった咀嚼環《そしやく》がある。舌は見あたらない。だがブルは、口蓋の縁や口の底にちいさな毛束がずらりとならんで生えているのを見つけた。これがパキドル人の味覚器官なら、その味覚感度は人間よりもはるかに繊細で識別力があるにちがいない。これで、この吻生物が美食を最大の楽しみとしている説明がつきそうだ。

ブルはパニックにおちいり、それ以上は観察できなかった。上方でパキドル人の発話口から轟音が響く。

「ほんのひと口ぶんしかないな。これはわたしのものだ。わたしがリーダーなのだから」

吻の握力が強まり、ブルは締めあげられるのを感じた。息ができない。叫ぼうにも、無力なあえぎ声が唇からもれるばかり。大きな空洞の開口部まで、吻に引きよせられる。もはや疑いの余地はない。かつての太陽系元帥で《エクスプローラー》複合体の最高指揮官は、食われる寸前なのだ。

ウイスキー、と、ブルは無我夢中で考え、心眼の前にあのドラクカーの姿を呼びだした。きみの護符がなにかの役にたつんなら、いま証明してみせろ！

吻がいきなりとまった。奇妙な音が聞こえる。まちがいなく驚きの叫びだ。静寂の数秒間がつづき、ようやく押し殺したような言葉が発せられた。

「パキダの偉大なる神よ！　これはなんだ？　庇護されるべき者の印章では？　おお、わたしはなんとおろかなのか！　なにをしようとしたのだ。これをのみこんで、天の永遠の怒りを招くところだった！」

＊

レジナルド・ブルは浮遊プラットフォームの上、ふたつの巨大な鍋のあいだに立っている。腹ぺこのパキドル人が底まで食べつくしたので、ずいぶん前から鍋の湯気はあがっていない。ブルはそっとおろされた。カラフルな着衣の者は、壊れやすい宝物のようにかれをあつかった。

まだなかば茫然としながら、ブルは自分の右手を見た。ドラクカー種族ウイスキーがお礼にくれた護符は消えている。そもそもここにあったのだろうか？　かれには見えなかった。腕を伸ばし、手をひろげ、死の恐怖に駆られてウイスキーのことを考えただけだ。パキドル人が〝庇護されるべき者の印章〟と呼んだこの護符は、超越知性体エスタルトゥのシンボルをホログラムで模したもの。中心から角へとのびる三本の矢がつくる正三角形だ。それがどのようにあらわれたのか、ブルにはわからない。あのドラクカーは、意識が死の恐怖を感じればかならずあらわれると説明した。この護符とレジナルド・ブルの精神は一種の結合状態にあり、命の危機の瞬間、ひとりでに光るしるしがあらわれるのだという。

ウイスキーが強調したことはほかにもあった。護符をくれた者のことを絶対に話してはならない、というものだ。さもなくば、印章はすぐに消えて、二度とあらわれなくなると。さらにその場合、ドラクカーと会った記憶も自動的に消去されるという。そう警告されてもブルは驚かなかった。この護符を永遠につけてまわろうとは思っていなかったから。自分の意識と結合する未知のものなど、信用ならないと思っていた。

だが、しるしがここにあったのはまちがいない。カラフルなパキドル人はそれを見て、認識したのだ。ブルは首をそらして上を見る。吻生物はプラットフォームに身をかがめ、近くからしげしげとこちらを見ていた。ガラスのビー玉のように眼窩《がんか》から四分の三ほどせりだした目がかれを凝視している。その視線は奇妙に不安定で、レジナルド・ブルは啓示のごとく腑に落ちた。パキドル人は生まれつき近視なのだ！　吻生物にはテラナーが知性体だとわからなかったということ。食われる危機はまさに現実だったのだ。

「ちいさな異人よ、許してほしい」カラフルな着衣の者の発話口から、ささやくように発せられた。レジナルド・ブルの聴覚は自分たちよりもはるかに敏感なはずだと気がついて、声を弱めたのだろう。「あなたが庇護されるべき者だとは知らなかったのだ。この過ちをつぐなうには、なにをすればよろしいか？」

ブルは話を聞きながらまわりを見た。この大きな部屋には出入口がふたつあり、どちらも黄色い光でマークされている。追っ手をまくには充分ではないが、とにかく自分のシュプールはここからふたたび分かれるわけだ。防護服のヘルメットを閉める。保安のためではなく、人間の虚栄心ゆえだ。こうすれば外側スピーカーの音量を調節できるから、パキドル人がふつうの調子で話しても、同じほど大きな声が出せる。

「きみを許そう」ブルは威厳をこめて、「だが、わたしをちいさな異人とは呼ばないでくれ。わたしの名前はレジナルド。ヴィーロ宙航士で、きみたちと同じく戦士の輜重隊の一員だ」

べつのパキドル人が発言する。

「いま、そばから見てわかったぞ。かれの映像はどのチャンネルでも中継されていた。戦士のこぶしをなくした男だ」

「それはどうでもいいこと」と、カラフルな者がただちに応じる。「こぶしがあろうとなかろうと、かれは庇護されるべき者だ。おまえたちはみな、あの印章を見ただろう」「そうだな、われわれは見た」ほかのパキドル人たちが全員つぶやいた。その小声は雷鳴のとどろきのように響く。

「わたしは追われているのだ」レジナルド・ブルは、一瞬の優位を利用することにした。「エリュシオンに敵がいて、命を狙われている」

「だれにもあなたを追わせたりしないぞ」カラフルな者がわめく。「だれが敵なのかいってくれ。あなたにかまわないように話をつけよう」

ブルは拒否のしぐさをして、

「その申し出には感謝するが、わたしとしては、この件をできるだけ穏便にかたづけたいのだ。きみたちと話ができて非常に楽しかったが、先に進まなければ。パキドル人種族のことはよき思い出として末長く記憶にとどめよう。だがいまは、きみたちに異存なければ、そろそろ……」

そこで言葉を切る。部屋の奥で……料理をのせたプラットフォームが到着した場所で……不恰好な生物三名を乗せた皿形グライダーが実体化したのである。ブルは瞬時にそばの鍋の陰にかくれた。パキドル人たちが上体を伸ばすさまが見える。カラフルな者の、とどろきわたる声が聞こえた。

「われわれ、エリュシオンに料金をはらった客なのだぞ。宴《うたげ》のじゃまをする不届き者はだれだ？」

空飛ぶ皿は停止した。三名のうちの一名がいくらか背筋を伸ばして、があがあとしゃべる。

「大目に見ていただきたい。規則に反した者が一名、脱走したので、探しているのです。この道を通ったかもしれません」

レジナルド・ブルは、鍋にかくれてプラットフォームのはしまで移動した。だれの注目も浴びていない。パキドル人たちは闖入者《ちんにゅう》に集中している。この交渉がどのような結末を迎えるか、ブルにはわからなかった。吻生物はかれを食べようとした埋めあわせをする気でいるが、追っ手から守ってくれるだろうか？

ブルはグラヴォ・パックを起動させた。慎重になりすぎて時間をむだにしてはならない。皿形グライダーのなかの三名は、この瞬間、探知装置に注目するどころではないはずだ。ブルはプラットフォームの影のなかを部屋の奥の壁に向かった。その瞬間、カラフルな者が声をあげた。

「こんなところを通る者はいない。理性ある者が、パキドル人の食事のじゃまをしたりするものか」

「脱走者には、そのようなことを考えるひまはなかったはず」があがあ声が応じる。

「かれはおそらく……」

「ここにはだれもきていない！」カラフルな者は壁が震えるほどの声で吼えた。「いますぐにわれわれのじゃまをやめなければ、しずかにさせねばなるまいな……われわれのやり方で！」

それからなにが起きたのか、ブルは目にしなかった。パキドル人たちの柱状の脚が動きだし、轟音が響く。やがて、カラフルな者が声をとどろかせ、

「ほうっておけ。かれらはもう消えた。二度とわれわれのじゃまをしようとはせんだろう。われらが友の面倒をみるとしよう。印章を持つレジナルドの……」

ブルは奥の壁にたどり着いていた。とまりはしない。もうすこし吻生物の相手をしたかったが、時間がなかった。クーリノルに追われているのだから。

折りたたみ通路に滑りこむと、轟音のような声は後方に消えた。

＊

一見して、恐ろしく不利な場所にきたとわかった。まばゆい明るさで満たされた巨大な空間にいる。ここにはありったけのがらくたが詰めこまれていた。ほかに例のない無秩序ぶりで、見通しが悪い。まぶしい照明がついているが、部屋は人けがなく荒涼としていた。一面に埃《ほこり》が積もっている。レジナルド・ブルは折りたたみ通路を出てグラヴォ

・パックを切った。慎重に二歩進むと埃が舞いあがり、グレイのかすんだ靄《もや》のように、動かぬ空気にぼんやりとかかった。ヘルメットを閉じる。フィールド・バリアを展開できぬ状況にふたたび見舞われるのはお断りだ。

この光景を前にブルは考えこんだ。なぜ、美食家パキドル人が食い道楽にふけっていた部屋と、この物置がつながっている？　この部屋には、何年とはいわずとも、何カ月もだれもきていないようだ。立ち入った形跡はのこされていない。埃の層はいたるところにある。吻生物の部屋にあったもうひとつの出入口のほうがましだったかもしれないが、前もってそんなことがわかっただろうか？　一瞬、パキドル人のもとにもどり、もうひとつの出入口に運をまかせようかと思った。だがすぐにその考えをしりぞける。とくに危険なのは、脱走コースのうちでも分岐点がすぐそばにある個所なのだ。もどるたびにリスクが増すというもの。

ブルは周囲を見て、すぐそばの細かい点まで記憶に刻もうとした。折りたたみ通路の黄色い発光マークは、三メートル上方で微光を発している。右には大昔のテラ技術の手動穿孔機《せんこう》を思わせる古めかしいマシンがあった。左には箱形のコンテナがあり、ひとつの面がへこんでいる。この詳細をおぼえておきたかった。ほかに出入口がなければ、パキドル人のもとにもどるしかないのだから。

壁沿いに部屋の検分をはじめる。壁ぎわを進むのはかんたんではなかった。何度も大きな障害物に道をふさがれて遠まわりをする。折りたたみ通路の黄色いマークを遠くから視認しようとしたが、無理であった。第一に照明が明るすぎ、第二にたくさんの障害物が立ちはだかって視界をふさいだからだ。

苦労しながら進むうちに、思考はここ半時間の奇妙な出来ごとへともどっていく。ウイスキーの護符の効き目は証明されたわけだ。ブルはドラクカーとの出会いを思いだした。ドラクカー種族は輜重隊のなかでもっとも軽視されている下層民だ。外見は地味で、テラのカニにいくらか似ている。ブルがドラクカーをはじめて見かけたのは、ウイスキーがキュリマン種族の、たちの悪い酔っぱらいから泥棒と疑われて暴力をふるわれたときのこと。ブルが最後の瞬間に介入しなければ、無力なドラクカーはあのキュリマンに殺されていただろう。こうしてブルはウイスキーを救い、そのお礼に貴重な情報と護符を受けとったのだ。永遠の戦士崇拝と輜重隊の組織について、ウイスキーはじつによく知っていて、ブルは知りたかったことのほぼすべてを聞くことができた。

だが、その話を聞いているうちから奇妙だと思ったのは、これほど卓越した知性を持つ生物が、輜重隊の組織では軽蔑される役まわりだということ。ドラクカーから護符を受けとり、その謎めいた効果を説明されたとき、ブルの違和感は言葉もない驚きにまでふくれあがった。そこでブルは黙っておられず、どうしてもたずねたい問いを口にした。返ってきた答えは、ウイスキーの種族のメンタリティを垣間《かいま》見せるものであった。

「ひとかどのことをなそうとする者は、おのれに注目を集めてはならない。それがいわば、わが種族の人生哲学なのです。自分たちが人々の嘲笑の的になっても、知ったことではありません。いずれ、われわれは……」

ウイスキーはそこで言葉を切った。話せる範囲をこえて口を滑らせてしまったかのように。その直後、ブルはかれと別れたが、あの奇妙な出会いを思いだすたびに、ドラクカーには探りがいのある秘密がありそうだと思うのだった。護符の効果を体験したいま、根拠のない推測が確信に変わった。ドラクカーには注目しておくべきだ。

ブルは立ちどまって周囲を見た。一時間ほど歩きまわっているが、折りたたみ通路の存在をしめすちいさな発光マークはまだ見つからない。周囲の光景は変わりばえせず、どこも同じである。つまり、見わたすかぎりのがらくたなのだ。この部屋の大きさもかれたちも、まだ想像がつかない。だが、ブルは気がついていた。かれがいまそばを移動しているこの壁には、突きあたりがないことを。部屋のすみや、壁の屈曲がなく、見えるかぎりずっと……ほんの数メートルとはいえ……ベトンめいたグレイのフォーム・エネルギー製のなめらかな平面が、目の前でゆるやかにカーブを描いている。この物置部屋は、円形か楕円形をしているのだろう。

急に立ちすくむ。いま周囲にある障害物に見おぼえがある気がしたのだ。高さ三メートル以上の、判別しがたい素材でできたコンテナ、その一面がへこんでいる。急いで数歩さがる……そこにはほんとうに、手動穿孔機を思わせる、古くさい廃棄されたマシンがあった。

この部屋を一周したが、出入口は見つからなかったということ。

上を見て、最悪の事態が現実になったことを知った。黄色い発光マークが消えている。

*

これがなにを意味するのか、すぐにわかった。

クーリノルは、ブルがどこにいるのか知っているのだ。

あのメルラー、厨房からつづく折りたたみ通路を切り替え、出口のない部屋につなげたというわけだ。エリュシオンの客に多少気まずいことが起きてもしかたないと考えたのだろう。かれにとり重要なのは、脱走者と……その脱走者を捕らえれば手に入るホワルゴニウムだけなのだ。

考えうる脱走経路を袋小路につなげることで、大規模な追跡の手間をはぶいたということ。パキドル人の食事をじゃました皿形グライダーの三名は、陽動作戦の一部だったのだろう。自分が追われていると脱走者が知れば、次の折りたたみ通路へと急ぐはず。そして、通路のひとつが出入口のない場所につながる。クーリノルは切り替えた通路の終点を見ているだけでいい。

それをやったわけだ。あの男は、レジナルド・ブルがこのがらくただらけの部屋にあらわれるのを見ていた。そのあとで折りたたみ通路を消したのだ。これが証拠である。

思考がそこにいたったとき、周囲の光景がにわかに動きだした。へこんだコンテナや手動穿孔機の奥の壁の一部が非物質化する。ひろい通廊があらわになり、金属光沢のあるロボットの群れが浮遊してきたかと思うと、散開して、ブルはなんのそなえもできぬうちに包囲された。さまざまな形態のロボット七十体ほどが何重もの包囲リングをつくり、逃走を不可能にする。だが、直接行動はとらず、その場で音もなく浮いている。なにかを待っているようだ。

行動の余地はわずかだと、ブルは理解した。これまで信じてきた思考は通用しない。プシカムを起動。今回は《エクスプローラー》や《ラヴリー・ボシック》がすんなり受信できる周波を選ぶ。

「こちら、ブル」あわただしく口にする。「大催事場にあるエリュシオンという娯楽施設だ。ホワルゴニウムを調達できないせいで破滅しそうになっている。助けが……」

よく知っている声が切るように鋭く、愚弄をしたたらせながら、スピーカーから聞こえた。

「いまさらなにを助けてもらおうというのです、こぶしを失った者？　その脳にどれほど小癪《こしやく》な手が詰まっているのか、見せてもらいました。次は逃がしません！」

ブルは救いをもとめる言葉を最後までいうのをあきらめた。マイクロシントロン・システムにひと言いうだけで、フィールド・バリアが展開し、大催事場への入場時に切っておいたセランのほかの機能が自動的に作動した。周囲を見る。たったいま声が聞こえたクーリノルのシュプールはどこにもないが、メルラーはますます大きな声で告げる。

「おろかな！　あなたの宇宙服が高性能防御装置をそなえていることを、わたしが知らないとでも思ったのですか？　わたしがそれに対応できるロボットを投入したと考えもしないのですか？　その防御バリアは役にたたない。もはや……」

ブルはそれ以上、耳をかたむけなかった。

「グラヴォ・パック、上へ」

装置はただちに反応した。微光を発する防御バリアにつつまれた姿が、砲弾のように上昇する。きらめくロボットの上を飛び、明るく照明された部屋の天井へと向かった。ブルの頭に明確な計画があったわけではない。肝心なのは眼前の危機を逃れること。充分に速く動けば、ロボットを振りきってどこかに一時的なかくれ場を見つけられるかもしれない。とはいえ成功の見こみは低かった。グラヴォ・パックを稼働させてフィールド・バリアを張っているかぎり、かんたんに探知されるはずだ。見つからずに着地できる安全な場所を探さなければならない。それからセランの装置をすべて切れば、がらくたの山のなかで追っ手をかわす望みはあろう。

さらにいま重要なのは、時間を稼ぐこと。《エクスプローラー》と《ラヴリー・ボシック》に窮状は伝えた。星々への憧れとならんで規律のなさが特徴のヴィーロ宙航士たちであっても、ブルが悪党に捕らえられ、痛めつけられるのを放置したりはしないはずだ。

「まったく、無知なことですな」じつにいやな声だ！　ブルは周囲を見たが、やはりメルラーはどこにも見あたらない。「これほど甘く見られるとは、悲しくなるほど。災難が降りかからぬように気をつけられよ」

この言葉をどう解釈するべきか、ブルに理解しがたいところがすこしでもあれば、マイクロシントロン・システムがただちに説明しただろう。そのとき、スクリーンでグラヴォ・パックの警告ランプが点滅しはじめる。

「重力ジェネレーターの出力を半分に」と、マイクロコンピュータに伝える。「フィールド・バリアにまわせ」

廃棄された大小のコンテナや調度品やマシンがごちゃごちゃに置かれた部屋の床が、恐いほどのスピードでブルの目に迫ってきた。グラヴォ・パックはかれの呼びかけに反応しない。フィールド・バリアの警告ランプも点滅をはじめる。クーリノルがどんな手を使ったのか、周囲を見るまでもなかった。なにが起きたのかもわかっている。背後からロボットの群れが、セランのジェネレーターの出力を吸いとっているのだ。銀河系技術には未知の装置で。

これで最後と、プシカムを作動させる。

「助けてくれ、ほんとうにとんでもないことになった」ブルは言葉を絞りだした。

手足を振りまわして、墜落の衝撃をそらすか、せめてましなほうを向こうとした。だが、なにをしてもむだである。なかば壊れたコンテナや、さびたマシンの部品の山が猛然と迫る。最後の瞬間、筋肉をけいれんのように緊張させることで、かたい金属の塊りからコースをそらし、ぼろぼろになったコンテナの混沌へと向かった。

そこで轟音がとどろきわたる。黄褐色の埃の巨大な雲が渦を巻き、レジナルド・ブルは無意識の暗黒の深淵へと落ちていった。

4

「これじゃ無理だ」と、ドラヤダーがいった。「あなたたちをどこかべつの場所に逃がさないと」

ホログラム映像が急転回した。ドラヤダーが鋭角でコースを変えたのだろう。しかし、乗り物の内部ではなにも感じられない。イルミナ・コチストワは、猛スピードで近づいてくる、かすかに光るドームのような物体に目をやった。

「あれは催事場です」ドラヤダーが説明する。「あの類いのものは数十ありますが、あれがいちばん大きいのです。気晴らしをもとめる者が何十万もひっきりなしにあそこへ行くから、群衆にまぎれこめれば、われわれ、ヴォルカイルを振りきれると思うんです」

「われわれ？」イルミナはとまどってたずねた。そこで急にアイデアが浮かび、「助けを呼びましょう。ヴィーロ宙航士たちに……」

「ヴォルカイルはエルファード人なんですよ」ドラヤダーが口をはさむ。「戦士の軍勢の最高位者のひとりで、武力で対抗できる者はいないのです。かれの怒りを無難にしずめられれば、そのほうがいいと思います。われわれ、ヴォルカイルが追跡に飽きるまで探させることにしましょう」

ミュータントは、ドラヤダーがまた〝われわれ〟という言葉を使ったので驚いた。だが、それについて考えているひまはない。

「あそこに入ります」と、ドラヤダー。「あのエアロックが見えますね。催事場に入ろうとする者は、全員が入場料を請求されるんです。あそこで通用する通貨をあなたたちは持っていますか？」

「通用する通貨ってなに？」イルミナがたずねる。

「エアロック係員の目に価値があるとうつるものなら、なんでも。宝石、希少な金属や鉱物、技術装置、飾り物……」

「その類いのものは、なにもないわ」と、ミュータント。「あっさりとわたせるものはなにも。いま、ヴォルカイルとはどれくらい距離があるの？」

「五十ミリ光秒。ヴォルカイルが連結球状船から一隻を分離させました。われわれがなにをするつもりなのか知って、同じように催事場に入ろうとしている。われわれ、急がなければ……」

入場料のことは心配いりません。エアロック係員に支払うものは、わたしが充分に持っていますから」

ドラヤダーのその言葉は、すこし間をおいてから話をつづけたかのように聞こえた。追っ手が危険なほど接近していると伝えてから、安心させる言葉をいくつかつけくわえようとしたかのように。声は変わらず、口調も同じ……それでもイルミナは、だれかべつの者に話しかけられたような奇妙な感覚をおぼえた。

当惑して周囲を見る。するとちいさな生物が目に入った。最初は見逃しそうになった。それほどまでに生物のからだの色が背景と似ていたのだ。未知者のからだは直径三十センチメートルほどの、たいらな円盤である。円盤は四本の切り株のような擬似肢で支えられ、先ははさみのような鉤爪で終わっていた。はさみは自在に動き、直角に曲げれば足となる。円盤状のからだのはしから動く茎のようなものが何本も上へ伸び、先端には植物の芽を思わせる視覚器官があった。

「わたしに話しかけたのはあなた？」イルミナが驚いてたずねる。

「もちろんそうです。入場料のことですが」と、元気な返事。

「あなたはだれなの？　どこからきたの？」

「わたしはヤダーの代理です」と、ちいさな生物はいう。「だから二番めの質問は意味がありません。わたしはずっとここにいたのですから」

「どうしてわたしにはいままであなたが見えなかったの？　名前は？」

「いつも一度にふたつ訊くことにしているんですか？」ちいさな者が小生意気にたずねる。「ひとつめの質問には答えられません。わたしが見えるかどうかは、あなたの問題だから。名前はもともとないのですが、よければウイスキーと呼んでください」

ソタルク語の語彙に、テラの酒の名称はないはずだ。このちいさな生物は、テラの言語をすっかりマスターした地球外生物のようにその言葉を口にした。

「ウイスキー？」イルミナは驚いて、「どうしてそんな名前……」

「おしゃべりをしている時間はありません」ちいさな者が口をはさむ。「ヴォルカイルが迫っている。もう繋留《けいりゅう》はすみました。催事場の雑踏のどこかに身をかくせるように、やってみましょう」

ドラヤダーは、この件についていいそえるべきことはないようだった。ウイスキーという名前のちいさな未知者がこの場を仕切っている。乗り物の皮膚膜が伸びて、開口部ができた。外には明るい拡散光が満ち、何百もの声の喧騒が聞こえる。あらゆる種類や出現形態の生物が細い通路でひしめきあい、各通路にエアロック係員が一名いてチェックしている。感覚を惑わせる喧騒は、ざっと見たところ五万平方メートルはある平面でくりひろげられていた。床はしっかりしていて、フォーム・エネルギー製のようだ。重力は商慣習からほぼ一Gに設定され、空気はセランの表示によれば、酸素呼吸ヒューマノイドであれば問題なく呼吸できる。エアロックの側壁沿いの空中には、来訪者の乗ってきた宇宙船が浮遊していた。百以上あり、搭載艇や宇宙船のタイプは、入場しようとする種族と同じほど多様だった。

ウイスキーは機外に出ようとした。

「ひと言、ドラヤダーに伝えておきたいのだけど」と、イルミナ。

「ドラヤダーはもう話しません」ちいさな者がはねつける。「どうすればヴォルカイルから逃げられるかに集中していますが。かんたんではありませんから」

そういって、鉤爪のついた擬似肢で出入口をさししめす。イルミナは奇妙な乗り物の外被に開いた開口部から外に出た。

「元気でね、ドラヤダー」と、イルミナは伝えた。

踏みだした平面の床は、かたいけれどいくらか弾力があり、足に心地よかった。キドはエアロック内の喧騒が不快らしく、いつでもイルミナにしがみつけるように、すぐそばにいる。ウイスキーは器用に擬似肢を動かして、守るべき二名のそばを急いで通りぬけると、先頭に立った。かれのうしろで乗り物の皮膚にできた開口部が閉じる。

イルミナはまわりを見た。ドラヤダーが動きだし、往来が密なために、ゆっくりとエアロックから出ていく。外の宇宙の暗黒では何十もの光点がきらめいていた。大催事場に向かう宇宙船だ。気晴らしをもとめる客を乗せている。

ここにいる全員がそうでも、一名だけは違うと、ミュータントは考えた。屈辱の復讐をしようとしているエルファード人ヴォルカイルは、気晴らしという気分ではないはずだ。かれの目の前で、呼ばれもしない者がウルダランのダシド・ドームに侵入して逃走したうえに、その侵入者を捕らえられなかったのだから。

外の光点のうちのひとつがエルファード人の宇宙船である。その頭にあるのはどのような計画なのか、考えようとしたイルミナの背を冷たいものがはしった。戦士法典の定め……栄誉や贖罪《しょくざい》や復讐といった概念に関する野蛮な定義……は、曲げられないもの。ダシド・ドームに侵入した未知者がエルファード人の手に落ちれば、慈悲があたえられるはずはない。慈悲など、名誉法典にはない言葉なのだから。

ウイスキーは迷うことなく、押しあいへしあいの雑踏に入りこんでいった。催事場の訪問者はたいていグループでやってくる。単身の客はたまに見かけるのみだ。グループ内では楽しげな声が飛びかい、だれもイルミナやキドがいることを気にしていない。ウイスキーは待つ者たちの脚のあいだを通り、そのからだのそばをすりぬけたので、ほとんどだれにも見られなかった。

ようやく一エアロック係員の前に着いた。背の高い疑似ヒューマノイドで、前に向かって細くなる鼻づら形の頭をしている。数千の複眼が集まった大きなひとつ目があった。

「なにを持ってきたのかね？」と、係員は甲高い声で、「ヴィーロ宙航士と名乗る輜重隊の新入りから、二名の訪問者というわけだな？」

「三名よ」イルミナが応じる。ヘルメットはとっくに開いていた。「わたしたち二名はなにも持っていないのだけど、こちらがわたしたちのぶんを支払うわ」

　係員は前に身をかがめると、ウイスキーの地味な姿をしげしげと見た。目の色が変化し、複眼が濁る。

「ちっぽけドラクカーか」と、聞きのがしようのない軽蔑した口調で、「こいつがきみたちのぶんを支払うだと？」

　ウイスキーが身を起こした。前方ふたつの鉤爪のうち、ひとつで注目をうながすしぐさをする。もうひとつの鉤爪でレンズ形のからだの下面をこすった。そこになにか入れ物があるのだろう。突如、はさみの刃のあいだでなにかが光るのが、イルミナには見えたから。

「われわれドラクカー種族のことは、笑いものにしてもかまわないが」ちいさな者は威勢のいい声でいった。「この品物は受けとったほうがいいな」

　係員はさらに深くかがむと、ウイスキーがさしだしたきらめく物体を受けとった。てのひらで転がしてみる。目から濁りが消えて、輝いた。

「ドラクカー全員がこんなふうならいいんだがな」と、驚いて、「ほとんどは一文なしで、なにも払わずに入ろうとする。よし、行っていいぞ。いや……ちょっと待て！」

　イルミナはすでに入口に向かって一歩を踏みだしていた。呼びかけに立ちどまり、振りかえる。

「何時間も前だが、きみたちの仲間が一名ここにきた。ヴィーロ宙航士だ」と、係員。「かんたんに外見を説明されて、イルミナはすぐにレジナルド・ブルだとわかった。「かれに会ったら、ナスヴァヌのツィラーからよろしくと伝えてくれ。かれはきみたちと同じくらい気前がよかった。わたしの友だ」

「話はもう充分です」ウイスキーはいらいらと声を出し、鉤爪でイルミナの膝裏をつついた。「むだにできる時間はありません」

ミュータントはエアロック係員に感じよく手を振ると、出入口に向かって歩きはじめた。アーチのような開口部の下でもう一度振りかえり、後方を見る。ドラヤダーは姿を消していた。そのかわりにべつの宇宙船一隻が入ってきて、エアロックそばの繋留ポジションに向かう。考えられるなかでもっとも単純なかたちをした、直径二十メートルの球体だ。このタイプの宇宙船はいくらでもあるかもしれないが、これだけは、同型の船が数千隻あったとしてもすぐに見わけられただろう。からだで本能的に感じとれそうなほどの威圧感を発しているのだから。

＊

エルファード人のヴォルカイルが、到着したのである。

多様な形態や色彩、生物の姿、建物、光や映像、声の喧騒、小道や大通りの雑踏、大通りに合流・分岐するたくさんの側道……すべてがわずか数分のあいだにイルミナ・コチストワのなかに流れこんできて、彼女の思考力を混乱させた。夢かうつつかも、わからないほど。キドの体重が脚にかかっている。ちいさくて臆病な生物は、両手でイルミナのセランの素材にしがみついていた。

ウイスキーは疲れを見せずに案内した。目的地は決まっているようだ。一度も立ちどまったり周囲を見たりしないのだから。最初のうち、イルミナは何度も振りかえり、エルファード人の棘《とげ》が生えたそびえるような鎧《よろい》を群衆のなかに見た気がした。だが、やがて周囲の雑踏に気をとられ、形態や色彩の渦巻く錯綜に身をまかせるうちに、追っ手が自分を捕らえるチャンスなどないに等しいと思えてきた。

ウイスキーはいくらかきつい傾斜で上に向かう小道に入った。イルミナは、たったいま立ち去った平坦な地区と自分たちとのあいだに霧のようなものが押し入ってきたことに、驚きながら気がついた。高みに行くほど霧は濃くなり、見通せなくなっていく。低い場所にある、まばゆい黄色に明るく輝く建物は、まもなく霧のなかでかすかに光るしみにしか見えなくなった。

小道がふたたび水平になる。ドラクカーと同行者二名は、左右に奇妙なかたちの家々がならぶ細い通りを進んでいた。ウイスキーはこれまでのテンポに不満なようだ。立ち

どまると、嘆かわしげに、

「あなたたちがここのぜんぶにとても驚いているのはわかります。ヴォルカイルは雑踏のなかでわれわれを見失ってしまい、なにもできないだろうと考えていることも。ですが、忠告させてください。エルファード人を甘く見てはいけない。かれは、ほかの通常の生物には使うことの許されない手段が使えるのです」

「あなたのいうとおりね」と、イルミナ。「注意がたりなかったわ。あなたは、わたしたちをどうするつもりなの？　なにをすべきなのかいってちょうだい。そのとおりにするから」

「安全なはずの場所まで送ります。エルファード人から守られそうな場所に」と、ウイスキー。「われわれ、別れなくてはなりません。あなたも目だつし、あなたの同行者はもっと目だつけれど、わたしがいれば決定的ですから。ドラクカーを見すごす者はいません。軽蔑されている低位者に気まぐれをぶちまけるのは、思考生物の本質に沿ったことですから。ドラクカーに案内されている二名の目だつ未知者……このシュプールをヴォルカイルが見失うはずはありません」

「あなたは、わたしたちをどこに連れていくの？」イルミナは心配になってたずねた。

「わたしではなく、ほかのだれかに送らせます」と、ウイスキー。「あそこを見てください。かれはまだなにも知りませんが、この催事場でいちばん有名な娯楽施設まで、あなたたちをよろこんで案内するでしょう」

ミュータントはウイスキーの鉤爪がさししめすほうに目をやった。だがそこには、フォーム・エネルギー製の輝く建物の横に、奇妙に見捨てられたようすで立つ細長い柱しかない。

「いっしょにきて、近くで見てください」ウイスキーが同行者にうながす。

かれらは大通りをわたった。ウイスキーは柱の前に行くと、後方の擬似肢二本で立ちあがり、前方の二擬似肢の鉤爪で渦を巻くようなしぐさをした。

「わたしを知らないといってもかまわないが、高慢なステクティト」と、高い声で叫ぶ。「その高慢さのせいでエリュシオンまでの高い手数料をのがしたりしたら、どうするね？」

褐色で鱗《うろこ》模様の柱の表面に、まるい開口部ができた。そこから言葉が発せられる。

「さっさとどこかに行ってしまえ、いやらしいドラクカーめ。おまえはなにも持っていないし、おまえとかかわっているのがだれであれ、そいつもやっぱり文なしだ」

どういうことなのか、イルミナは理解した。ウイスキーに声をかける。

「聞いて、友よ。こんな木の棒とつきあうのはお断りだわ。わたしたちは輜重隊の新入りだけど、無礼なあつかいを許すつもりはないの。わたしたちが持っているものを使えば、えりすぐりの気晴らしをどこかよそで手に入れられるでしょう」

ウイスキーが芝居に乗ってきた。

「それがよさそうですね。ニルヴァーナという名前の娯楽施設がありますが……」

「そこはエリュシオンの足もとにもおよばない」柱が大急ぎで口をはさんだ。「わたしは勘違いをしたようだ、ドラクカーよ。いってくれ、きみの友はどのような気晴らしをおもとめか。わたしになにができるのか考えてみよう」

「二、三時間、クリエイティヴに休憩したいの」イルミナがウイスキーのかわりに返事をした。「いい食事と上等な飲み物、それから夢もいくつかあったらいいわね」

「エリュシオンならば、そのすべてをえりすぐりの一級品で提供できる」柱は誇らしげに、「なにで支払うおつもりか？」

「このドラクカーがわたしたちのお財布番なの。あなた、高慢さの罰として、かれから見せてもらうといいわ。わたしたちが料金としてなにを支払うつもりなのか」

柱は急に表面からバラ色の毛束を生《は》やした。細い毛がはげしく動く。ステクティトは興奮したようすで、

「そうするしかないのならば……」と、もらした。

ウイスキーはさっきと同じしぐさをした。はさみのような鉤爪でからだの下をなでると、クリスタルのような光る結晶体を二個とりだす。エアロック係員にわたしたのと同じ物質のようだが、こちらのほうが大きい。ステクティトの毛束がさらにはげしく動い

た。

「あなたがたはまさに、エリュシオンがよろこんでお迎えするお客ということ」まるい発話口から大げさに響いた。「わたしについてきたなら……」

「待って、そんなに急がなくていい」ウイスキーは途中でさえぎると、輝く物体をしまった。「きみに案内をまかせる前に、依頼人ともうひと言、話しておかないと」

「邪推はお断りだぞ、わたしが……」

「お断りなんていえる立場じゃないだろう」ドラクカーはうなるようにいった。いまやすっかり優位に立っている。「きみでだめだと思ったら、よそに友を連れていくだけだから」

ウイスキーは鉤爪のある四本の擬似肢でよちよちと歩いた。イルミナとキドがそれにつづく。ある建物の角を曲がると、ステクティトは見えなくなった。ウイスキーは二個の結晶体をもう一度とりだし、ミュータントにわたす。

「非常に貴重な物質なんです」と、いいそえる。「この種類の鉱物は、この銀河全体でもたったひとつの惑星でしか見つからない。これと引き換えに、エリュシオンが提供するありったけの気晴らしを手に入れられるでしょう。ただ、気をつけてください。あなたたちは新入りだから、だまそうとする者があらわれるはず。この結晶の名はカルシト、これが見つかる惑星はオファルです。おぼえておいてください。さもないと、メルラーのだれかがうるさくいって、だましとろうとするかもしれない」

「メルラーって何者なの？」イルミナがたずねる。

「質問は、もうおしまいです」ウイスキーは急にきっぱりと、「あのステクティトがグライダーでエリュシオンまで送ってくれます。エリュシオンは催事場の上の領域に浮かぶ球形の娯楽施設で、あなたたちがエルファード人から守られる場所があるとすれば、そこだけです。着いたら、おちついて行動してください。ヴォルカイルが引きあげて、連絡がとれるようになったら知らせます。そうでないと、自分でまわりに注意しなければなりませんから」

ウイスキーは立ち去ろうとした。

「待って」と、イルミナ。「あなたにお礼をしないと……」

「お礼はいりません」ウイスキーが途中で口をはさむ。「あなたたちはヤダーを救ってくれたのではありませんか？　さ、ステクティトについていってください。かれがしびれを切らす前に」

鉤爪のあるみじかい擬似肢は、思いもよらぬ速さで、たいらなからだを大通りへと運んでいった。数秒後、ドラクカーのウイスキーは雑踏に消える。ミュータントは踵《きびす》を返すと、建物の角を曲がり、柱のもとへ向かった。

「もたもたしないほうがいい」と、ステクティト。「一度エリュシオンの楽しさを知れば、くるのが遅かったと一分ごとに後悔するだろうから」

そういって柱状のからだの下端をひろげると、竹馬のような細い脚を四本生やした。いばりくさって通りを歩き、

「さあこちらへ。最短コースで夢の天国まで連れていこう。きみたちは、ヴィーロ宙航士と名乗っている者たちの一員なのだろう？」

「そのとおりよ」イルミナは応じる。その呼び名があっという間にひろまったことに驚きながら。《エクスプローラー》や《ラヴリー・ボシック》、それに《アスクレピオス》が輜重隊と遭遇してから、数日しかたっていないのだが。ヴィーロ宙航士たちは輜重隊にくわわるためにきたのだと、当然のように受けとめられている。ヴィーロ宙航士たちのほうは、この思い違いを訂正すべく手を打ちはしなかった。部外者とみなされるより、輜重隊の一員と思われるほうがましというもの。

ステクティトの次の言葉に、ミュータントは耳をそばだてた。

「きみたちは金持ちにちがいないな。数時間前にもきみたちのひとりを送っていったのだ」

「だれだったの？　どんな外見だった？」イルミナはたずねた。

柱は……かれはウリポールと名乗った……かんたんに説明した。イルミナの予想が裏づけられる。彼女の前に同じ道をたどったのは、レジナルド・ブルだ。

＊

靄からまばゆい球体があらわれるさまを目にして、イルミナ・コチストワは数時間前のブルと同じように圧倒された。フォーム・エネルギー製のこのような物体の維持にどれほどのエネルギーが浪費されているのか、彼女にもかんたんに想像がつく。

エアロックの開口部が見えてきて、無数の同型機が駐機している格納庫へとウリポールがグライダーを向かわせると、イルミナはもう一度振りかえった。合成恒星光に満たされたエリュシオンの一帯と、下にある平坦な地域とを区切る雲の層のなかに、黒い点が見えたような気がする。その点は目をみはる速度で動いていた。靄に消えたりふたたびあらわれたりしたが、おおむねウリポールのグライダーと同じコースをたどっているようだ。信じがたいことに、ヴォルカイルはこうも早く彼女たちのシュプールを見つけたのだ。イルミナは、自分たちを追ってくるのはあのエルファード人だと確信した。

ステクティトとは礼もそこそこに別れて、イルミナ・コチストワは娯楽施設の奥へと急ぐ。ウイスキーの言葉がまだ耳のなかで響いていた。輜重隊のどこかにいるかぎり、ヴォルカイルから完全に身を守れる場所はないのだ。

折りたたみ通路という設備をはじめて体験したイルミナの頭に、数時間前のレジナルド・ブルと同じ考えが浮かんだ。可動式輸送フィールドで作動する遠隔操作の転送システムなのだろう。銀河系の科学者が作動原理を知りたがるであろう最新技術である。

キドはイルミナの肩の上に居心地よくおさまっている。二名はひろびろとした、なじみのあるしつらえの部屋に着いた。周囲を眺め、シミュレーションの窓ごしに見える、地球に驚くほど似た景色を味わっていたちょうどそのとき、背後から声が聞こえた。

「ここがお気に召せばいいのですが」と、わずかに鼻にかかった声がいう。「史上最大の娯楽施設、エリュシオンへようこそ。わたしはメルラー種族のクーリノル、ここの運営者です。なにをお望みですかな？」

はじめのひと言で、イルミナはすでに振りかえっていた。光る霧のようなものを目にする。それは天井の下で浮遊し、ヒューマノイドのかたちをとろうとしていた。頭が見えてくる。目は漆黒の穴のようだ。霧の帯が腕をかたちづくり、五本指の手ができる。それがなにかをつかもうとするかのごとく、大きく下へ伸びた。

イルミナの超生体工学性の触手が活動を開始する。この霧はホロ・プロジェクションだろうという予想はあっさりしりぞけられた。メルラーは物質からなる生物だ。実際にここに、この部屋にいる。だがその身体構造を究明する時間はなかった。

「わたしたち、ここで休みたいの。上等な食事もいいわね」ウリポールに伝えた願望をすこしアレンジして口にした。「お代ははずむわ」

「めずらしいご要望ですが、かんたんにかなえられますな」メルラーは鼻にかかった声で、「なにで支払うおつもりか、見せてもらっても？」

イルミナはウイスキーからわたされた結晶体二個をとりだした。霧の手がそれをつかんで受けとる。

「ふむ、ドラクカーと取引をしたわけですか」と、クーリノル。「まことに、あなたがたは貧乏ではないのですな。この種類の結晶は希少だ。これほど大きいものを調達できるのは、奇妙なドラクカー種族のみ。この代価で、エリュシオンのすべての気晴らしをお楽しみいただけます」

霧の手がふたたびいきおいよく前に伸びて、カルシトの結晶をちいさなテーブルの上に置く。イルミナはそのしぐさに驚いた。二度とその結晶を目にすることはないだろうと思っていたから。その説明を思いつけぬうちに、クーリノルが先をつづける。

「ですが、これで手を打つわけにはいかない。エリュシオンの奇蹟を楽しまれるなら、あなたがたには財産ではなく、べつのことで支払っていただかなくては。カルシト結晶はしまいなさるがいい、ヴィーロ宙航士。ほかにお願いがあります」

イルミナはきらめく鉱物の塊りを受けとり、セランのポケットに押しこむと、

「そのお願いについて、くわしく説明してくれるのよね」と、身がまえていった。

「もちろんですとも」クーリノルはいんぎんに応じる。霧の顔に微笑があらわれた。

「いまちょうど、ひとりのお客がエリュシオンに滞在しています。あなたがたと同じヴ

ィーロ宙航士です。この者は、同意していた方法で料金を支払うことなく、提供された娯楽を味わいました。このようなお客とかかわるのは本意ではないが、かかわってしまった以上、こちらの権利を主張しなければなりません。いいサービスには、気前のいい支払いがなければ」

なんのことなのか、イルミナにはとっくに予想がついていた。その客はレジナルド・ブルしかありえない。ブルがメルラーを相手に正当な報酬を踏み倒すはずはなく、おそらくなにかで支払おうとしたところ、クーリノルが欲を出したのだろう。霧生物はブルを捕らえ、強欲《ごうよく》が満たされるまで解放するつもりはないのだ。

「わたしたちが、その件となんのかかわりがあるというの?」ミュータントはたずねた。

返答が彼女の予想を裏づける。

「その支払い滞納者の負債というのは、ある種の振動結晶体の塊りが二十個……」

「ホワルゴニウムね」イルミナが口をはさむ。

「かれはまさに、その物質をそう呼んでいました」クーリノルは同意し、「かれの主張によれば、負債のすべてはたやすく調達できるとか。とはいえ、かれに振動結晶体をとりにいかせるほど、わたしはおろかではありません。とにかく詐欺の疑いが晴れないものですから」

「べつのいい方をすれば、わたしたちを仲介役にしようというわけね」と、ミュータント。

「そういうことです」中途半端《はんぱ》に形成された顔の微笑がすごみを増し、侮蔑があらわになる。「この件については、どの側から見ても全員が得をするのみでしょう。あなたたちには仲間を見捨てるつもりがない。あなたたちの助けがあれば、仲間は自由の身だ。わたしは支払われなかった報酬を手に入れる。そしてあなたたちは、その働きによってエリュシオンのすべての娯楽を無料で楽しむ権利を得る。もちろん、期限は切らなければなりませんが……」

「つまらないおしゃべりはやめることね」イルミナ・コチストワは、プランをたて終えていた。詐欺にちがいない利益をメルラーにわたす手助けなどするものか。だが、ブルが危険な状態にある以上、いまはクーリノルの提案をのんだふりをするしかあるまい。それでも自分の品位に傷をつけずにやりとおせるだろう。メルラーをどう思っているのか、突きつけるのだ。「取引の話をしているのでしょう。ビジネスによけいなごたくはいらないわ」

「われわれ、理解しあえたようですな」と、クーリノルは応じた。ざっくばらんに話そうとしたようだが、イルミナの辛辣な言葉へのいらだちは声にあらわれている。「つまり、やる気に……」

「いまはなにもやる気はない」ミュータントはきびしい声で正面きって、「あなたが支払い滞納者と呼んでいる者と会って、話がしたいの。かれのいいぶんを聞きたいわ」

「それはできません！」メルラーはかっとして、「わたしをなんだと思っているのです？　嘘をならべているとでも？」

「その可能性なしとはしないわ」イルミナはほほえんだ。「つまり、あなたは支払い滞納中のヴィーロ宙航士を捕らえてはいない。だから、ここに連れてこられない。滞納者には逃げられたけれど、代金は回収したいということね。どこまでわたしをばかにするつもりなの？」

「わたしは……いや……あなたはわかっていない……」クーリノルはイルミナの攻撃のために一時的に動揺した。「あのヴィーロ宙航士はわが手中にある。矛盾など……」

そこでじゃまが入った。どこからか鋭い笛の合図が二回響いたのだ。クーリノルのヒューマノイドに似せた姿が崩れ去り、不定形の霧の塊りとなって部屋のまんなかに浮かぶ。メルラーはあらためて勝ち誇ったような声をあげた。

「あなたの強情さはいかんともしがたいようだ」と、叫ぶ。「よろしい。従来の原則すべてに反するが、そのヴィーロ宙航士をここへ連れてきましょう。あなたがなにをすべきなのか、かれに説明させます」

次の瞬間、霧は消えた。分散したのではなく、非実体化したのだ。ミュータントは驚き、黙ってそしらぬ顔を決めこんでいたキドを振りかえると、

「どう思う？」と、たずねる。

「あなたと同じだよ」ちびはがらがら声で応じた。「クーリノルが圧力をかけようとしているのはレジナルド・ブルだけど、ブルはあいつのもとから逃げた。捕まえられなかったから、ここに連れてくることはできなかった。でもさっきの合図はブルを捕らえたと知らせるもので、だから急に態度を変えたんだ」

イルミナはうなずいた。彼女も同じように考えていた。自分の頑固な態度がブルをよけいな危険にさらしたのではないかと、不安な思いで自問する。クーリノルの口調は自信満々だった。直接ふたりを会わせれば、ブルが要求されたままにしゃべると確信しているかのように。でも、ブルが自分からありもしないことをいうはずがない。つまり、クーリノルは強制して……

イルミナは耳をすました。奇妙な物音が聞こえたのだ。爆発を思わせるが、かなり遠い。床の震えを感じた気がした。

「なんだったのかしら？」と、たずねる。

一秒も経過せぬうちに、第二の轟音が響く。こんどは近い。振動をはっきりと感じた。

「きっと、エリュシオンにありがたくないお客がきたんだ」と、キド。

イルミナはちびの言葉にまじった示唆《しさ》を理解した。

「ヴォルカイルね？」

キドは重々しくうなずく。

「ぼくらがどこにいるのか、かれは正確に知ってるんだと思う」

5

心の底から嫌っている鼻にかかった声が、かれの意識を目ざめさせた。

「メルラーから逃げられると考えたおろか者よ」と、声はいった。「これでわかりましたか、わたしの申し出に応じるしかないと？」

レジナルド・ブルはやっとのことで目を開けた。まぶたが百キログラムもあるかのようだ。左肩ににぶい痛みを感じて、記憶がもどる。あのロボットがセランの装置を麻痺させたせいで、墜落したのだった。

がらくたの部屋は消えていた。いまは見慣れぬしつらえの中くらいの部屋にいて、寝台めいたものに横たわっている。天井の照明光のなか、いつものヒューマノイドのかたちをとった霧がほのかに光り、その向こうでロボット二体が宙に浮いている。

「きみと取引はしない」ブルは低くいった。「いずれにせよ、ホワルゴニウムをすべてわたせば、わたしをかたづける気だろう」

「ひどいことをいうものだ」クーリノルは嘆いてみせた。「わたしは借りを返すようにもとめているだけ。支払えば、あなたはすぐに自由の身です。品物の運び役ができる仲介者を見つけました。あなたの同族で、女性……」

「女性？」と、ブルの口から飛びだした。「だれだ？」

クーリノルはできるかぎり説明した。彼女のちいさな同行者に話がおよんで、ブルはだれなのか理解する。現状をべつの視点から考えねばならぬと、怒り心頭で認識した。イルミナ・コチストワが自分と同じ危機に瀕している。クーリノルは彼女に事情を説明したにちがいない。つまり、イルミナもメルラーのビジネス戦略を知ったということ。そのうえで彼女を解放するほど、クーリノルはおろかではあるまい。

「きみがホワルゴニウムを受けとったらすぐに、われわれ三名全員が安全な場所に行けるよう、手配しろ」と、ブル。「この条件はゆずれない」

「そうしますとも」クーリノルは応じた。「だが、さしあたりあなたの同族は、あなたがわたしに振動結晶体の借りがあることを、その口から聞きたいと主張しています。あなたが自主的にそのような説明をするとは思えぬゆえ、準備をさせてもらいました。つまり……」

クーリノルは最後までいわなかった。ロボット二体に、耳に聞こえぬ合図を発したにちがいない。ロボットは宙を飛んでくると、胴部から細いしなやかなチューブを下に伸ばした。チューブの先端にはマイクロ高圧噴射ノズルがついている。ブルはなにが起きるのか察知した。

「聞け、このばかやろう」と、怒りをこめて、「きみはわれわれのメンタリティを知らん。わたしがこの脅迫じみた提案を受け入れる唯一の理由は、きみが捕らえている女性とその同行者が心配だからだ。わたしを薬の影響下におくことはない。なにをいうべきなのか、わかっている」

「そんなことでは安心できません」と、メルラーは応じる。「あなたのいうとおり、わたしはあなたたちのメンタリティを知らない。さらにいうと、あなたたちが秘密の意思疎通手段を持っていてもわかりません。だから確信がいる……」

なんの確信なのか、ブルが知ることはなかった。はっきりと振動が感じられ、同時にくぐもった轟音が聞こえたのだ。ロボットは空中で動きをとめ、細いチューブが胴部にもどる。せっぱつまった笛のような音が響いた。警報なのだろう。クーリノルのからだをつくっていた霧が崩れ去る。メルラーを心の底から狼狽《ろうばい》させるなにかが起きたのだ。

「ばかなことをいうな」ブルはいった。「われわれ、秘密の意思疎通手段など持たん。われわれの話すことはすべて、きみにも聞こえる」

クーリノルは返事をしない。霧が消えかけている。二台のロボットはあらたな指示を受けたらしく、浮上して壁の突出部に姿を消した。ブルは高く跳びあがった。一秒が過ぎるあいだにメルラーが非実体化するさまが見え、がらんとした部屋にひとりのこされる。甲高い笛のような音が一定間隔でくりかえし鳴った。付近で轟音が響きわたり、床や壁が震える。娯楽施設の通常のサービスとはなんの関係もない出来ごとが進行中なのだ。

一瞬、レジナルド・ブルは先ほど発した救難信号のことを思いだした。ヴィーロ宙航士たちがエリュシオンに突入したのか？　まず考えられない。かれらがこんなふうに暴力的な行為におよぶとは、想像するのもむずかしいのだから。

急な振動に足をすくわれそうになる。異国風のソファが床を滑り、急勾配でかたむいた。吼えるような轟音が宙を満たす。レジナルド・ブルはセランのヘルメットをまだ閉じていたことに気がついて、防御バリアを作動させた。微光を発するフィールドがひろがり自分をつつむさまを目にして、おおいに安堵する。防護服の装置は損なわれていない。グラヴォ・パックに指示を叫び、不安定な床をはなれた。

目的地はまず、ロボット二体が姿を消した壁の突出部である。この部屋にドアはないため、どこかで折りたたみ通路を見つけて、現状を把握するのだ。あの轟音の原因はさっぱりわからないが、とにかく、いまやエリュシオンは大混乱で、逃げた虜囚を気にするひまのある者はいまい。

壁の突出部の奥にせまいアルコーヴがあり、その奥で黄色い発光マークが点灯している。勘違いではなかった。ロボットはここを通って消えたのだ。追っていくのが得策だろうか？　べつの道を探すべきか？

だが、選ぶことすらできなかった。事態の進展が速すぎて、決めるどころではなかったのだ。目の前をまばゆい閃光がはしり、爆風の圧縮エネルギーを吸収してフィールド・バリアがまたたく。はげしい轟音とともに、ついさっきまでそこにあった壁が崩れ、濁ったガスの塊りと化した。それが爆風で何千もの断片に引きさかれ、吹き飛ばされる。

レジナルド・ブルが驚愕して見ているうちに、巨大な空洞が生じた。わきたつ蒸気と閃光をまき散らす放電に満たされ、強力な爆弾がエリュシオンのまんなかで爆発したかのようである。空洞のへりで、散り散りになった壁や床や天井が宙に消えていく。それらはフォーム・エネルギー製だったが、こうなってはもともとなんだったのか区別はつくまい。ブルの目に、娯楽施設の十二の階層が飛びこんできた。爆発で引き裂かれたいくつもの部屋の床に、身動きせぬぐったりした姿が見え、負傷者の鋭い悲鳴が聞こえる。

そして、巨大な姿が見えてきた。もうもうたる煙のまんなか、空洞の中央に浮いていて、不自然なほど大きい。クロレオンであらわれたハリネズミ鎧のことはまだブルの記憶にのこっている。頭の先まで二メートルもなく、ヒューマノイドが着用しているかのように腕と脚があり、背中にいくつもの機能をはたす棘がそなわっていたもの。数本はアンテナで、数本は武器だ。鎧の上にあるヘルメットめいたものは状況に応じて出たり引っこんだりし、装着者の顔とおぼしき位置に目のつんだ金属格子《ごうし》があり、その奥にグリーンの光点がふたつ浮かんでいた。

ところが、テラナーの眼前で空中にいるものは、上背がすくなくとも十メートルある。赤々と光り、閃光をともなう放電が表面をはしる。腕を大きくひろげていた。丸太のような指のない手袋の先端から、まぶしい白色の収束光が断続的にはなたれ、靄の充満した空気に刺さる。

事情はわからぬにせよ、ここでなにが起きているのか想像にかたくない。このエルファード人はひどく興奮しているようだ。怒っている。ハリネズミ鎧がどれほどの技術的トリックをそなえているのか、どのような原理のもとに動いているのか、突きとめた者はいないが、この鎧がエリュシオンのフォーム・エネルギー構造と連動していることに疑いの余地はない。鎧はエネルギーをとりこんで膨張したのだ。エルファード人は自分が破壊した構造のエネルギーで武装しているということ。

ブルの思考が高速で回転した。なにが戦士の従者の怒りを招いたのかはわからないが、これはチャンスだ。エルファード人が永遠の戦士カルマーとかわした会話を、自分は盗み聞きしたのではなかったか？　ロワ・ダントンが保持している鋼のこぶしはほんもので、ゆえに恒久的葛藤の有効なしるしであるとして、敬意をもってヴィーロ宙航士を遇するよう総司令官に指示を出したのは、カルマーではなかったか？　ブルが助けをもとめれば、エルファード人は拒否しないはずだ。

レジナルド・ブルは外側コミュニケーション装置の出力を最大にした。鎧の者に向かって叫ぶと、その声は煙が充満した空洞に雷鳴のごとく響きわたった。

「メリオウン……待て！」

＊

効果は一瞬にしてあらわれた。

閃光を発する放電が消える。エルファード人の鎧姿が空洞の深みからゆっくりと身を起こし、空中を滑るようにテラナーへと近づいてきた。負傷者の悲鳴がやみ、エリュシオン全体が息をとめたかのようである。

ブルまで十メートルのところにきて、浮遊する姿はとまった。フォーム・エネルギー構造から解放された大量のエネルギーとの連動を停止したため、エルファード人はもとの大きさまで縮んでいる。ヘルメットの格子の奥が鬼火のごときグリーンに光り、エルファード人特有の奇妙な歌うような声が、棘のある鎧から発せられた。

「あなたは間違っている、クロレオンの友よ。わたしはメリオウンではない」

「ヴォルカイルか！」ブルは大声を出した。「ここでなにをしている？」

「あなたたちのうちの一名のシュプールを追っている。彼女は戦士の法を破ったのだ」

「われわれのなかにわざと戦士の法を破る者はおらん」ブルの大声は外側コミュニケー

ション装置で強められ、空洞のすみずみまで響いた。「きみはわたしがこぶしの保持者だと知って……」

「なくしたがな」エルファード人があざける。

テラナーは怒りに駆られ、

「なくしたのではない！」と、叫ぶ。「あれは災《わざわ》いに等しいから捨てたのだ」

その言葉は煙のひいた大空洞に響きわたった。数秒間、巨大な娯楽施設は死んだようにしずまりかえる。ブルの言葉を聞いた者はみな、わかっていた。ヴォルカイルにとり、聞き捨てならぬ挑戦の言葉が口にされたと。

レジナルド・ブルは、自分がなにをしているのか充分に理解している。エルファード人が追う相手はイルミナ・コチストワにちがいない。彼女が惑星ウルダランで遭遇した冒険の話はブルも聞くところである。ヴォルカイルは、許可なくダシド・ドームに立ち入ったイルミナを罰しにきたのだ。彼女を守らなければならない。いま、エルファード人の気をそらすよりほかに、ブルにやりようがあるだろうか？

この戦略はうまくいった。ヴォルカイルはブルの言葉から受けたショックを克服するまで数秒かかったが、やがて蛮人の戦いの歌のような大音声をほとばしらせる。

「死に値《あた》いする放言だ、唾棄《だき》すべき者よ！　永遠の戦士が慈悲をかけ、こぶしという贈り物を授けたというのに……」

「いばりくさるな！」レジナルド・ブルが大声で割って入る。「永遠の戦士など知らん。あのこぶしはソト＝タル・ケルというおしゃべりな者からもらった。きみたちが〝ソト〟と呼んでいる者だ。かれはありがた迷惑なことに、きみたちのではなくわれわれの銀河にあらわれて、エレンディラ銀河は永遠に平和だと嘘をならべた。きみたちの辞書に平和という言葉などないというのにな！　嘘つきはソト＝タル・ケルだけではない。カルマーから輜重隊の使い走りにいたるまで、きみたち全員が夢中になって真実を葬り、そのかわりに恒久的葛藤というとんでもない幻想を打ち立てたのだ。

そのきみが、わたしが戦士のこぶしを投げ捨てたせいで興奮するのか？　あの災厄のもとを腕にはめておけというのか？　わが同族は野蛮さを克服すべく何千年もまじめに努力してきたのに、それをわたしが一瞬にして引っくりかえすというのか？　わたしを唾棄すべき者と呼んだな？　わたしにいわせれば、無数の思考生物を不幸と苦しみに突き落とすだけの教義のほうが、よっぽど唾棄すべきもの。わたしの願いは平和だ、エルファード人。そして、ここで唾棄するのはわたしのほうだ。唾《つば》を吐いてやる。きみや、きみが永遠の戦士と呼んでいる偶像にもな」

レジナルド・ブルは理路整然と話すつもりだったが、結局は気性ゆえにめちゃくちゃになってしまった。しばらく前から考えていたことがそのまま口から出たのだ。だが、かれの戦略は的の中心を射ぬいた。ヴォルカイルはまさに際限なく怒りだしたのである。

「冒瀆《ぼうとく》者に死を！」歌うような叫び声が響きわたった。

怒りの雲がエルファード人をつつみ、はげしい衝撃波がブルのバリアをまたたかせる。ブルはバリアの出力を最大にし、グラヴォ・パックに指示を叫んだ。カオスが出現。エリュシオンのフォーム・エネルギー構造が一階層ずつ崩れて膨大なエネルギーが解放され、ヴォルカイルはそれをとりこんだ。ハリネズミ鎧がふくれあがり、灼熱が人間の太股ほど太い光線となって、稲妻のごとくヴォルカイルの体表をなめていく。すさまじい轟音が空洞を満たした。プロジェクションとして硬化したフォーム・エネルギーが粉砕され解放されていくにつれて、空洞は猛然と拡大する。

そのあいだにレジナルド・ブルはヴォルカイルの下にもぐりこんだ。エルファード人はこの動きを予想していなかったらしい。テラナーは逃げると確信していたのだ。吼えるような歌声が放電の騒音を圧する。

「あの男は永遠の戦士を冒瀆した！　破滅させねばならん」

ブルは爆発の嵐から生じたもうもうたるグレイの煙のなかを突進した。なにも見えない。探知システムが自動的に作動し、ヘルメット・ヴァイザーのヴィデオ・セクターに周囲の映像をうつしだす。ブルは瓦礫《がれき》の上を進んだ。壁が引きちぎられ、フォーム・エネルギーが恒星のプロミネンスのような光る旗となってはためき、ついさっきまでエリュシオンの娯楽をもとめる客がひしめいていた大小の通廊や、ホールや柱があらわになる。

ブルはうしろに目をやった。後方の靄のなかに、スペクトルのすべての色をはなつ、ぼんやりとした光輝現象が見える。エルファード人だ。冒瀆者がどこに逃げたのか、まだわかっていないようだ。咆哮《ほうこう》は弱まることなくカオスのなかで響いている。

「出てこい、臆病者！　戦いに応じろ。ノミのようにたたきつぶしてやる。戦士の威信に異をとなえれば、かならずや死によって償うことになるのだ」

レジナルド・ブルは幅のひろい通廊を進んだ。そこの壁は比較的ぶじであった。ヴォルカイルの自制心を極限まで刺激したりすべきではなかったのではないかと、心配になる。エルファード人のばかげた破壊的な怒りは、遅かれ早かれエリュシオンのフォーム・エネルギー構造を維持するプロジェクション・システムの崩壊プロセスを引き起こすだろう。それからなにが起きるのか、ブルには想像がつかなかった。だが、とにかくカタストロフィとなるはずだ。

通廊沿いに宙を進みながら、ブルはプシカムのスイッチを入れた。この通信が傍受されるかどうかは、もはやどうでもいい。イルミナと連絡をつけなければ。

女ミュータントは、かれの呼びかけにただちに応じた。

「いいえ、ここがどこかはわかりません」ブルの問いに応じて、「でもあなたの方向はわかります。局所グラヴォ・ベクトルの表示によると、距離はここから四百メートル……

…ななめ上方。この部屋にドアはなく、キドとわたしは武器を持っていません。外でなにが起きているのですか？」

「ヴォルカイルがエリュシオンを痛めつけているところだ」と、ブル。「かれがきみを探している。ダシド・ドームに侵入した罰をあたえるつもりだ」

「そうだと思い……」イルミナが口を開く。

だが、じゃまが入った。

「やあ、そこのおふたりさん……われわれ、そっちに向かっている」聞き慣れた声だ。

「救難信号を受信したのです、手袋をなくした男。搭載艇二隻でエアロックを通過しました。料金はとほうもない額になったが、なんとしても……」

「ロワ、気をつけるんだ！」レジナルド・ブルの警告がプシカムで響く。「ヴォルカイルがエリュシオンに突入して、われを忘れて怒っている。かれ、きみたちには対抗できない武器を使えるんだぞ」

「聞こえていますよ」ロワ・ダントンは泰然と、「回頭しろとでも？　いま霧の層を突っきったところです。目の前にエリュシオンが見えている。内側から赤熱《せきねつ》しているかのようで……」

ブルにはそれ以上聞こえなかった。かれは通廊の分岐点にいたが、照明が明滅している。エルファード人が娯楽施設のエネルギー供給を麻痺させかけているのだ。だが、不安定な照明のもとでも、側廊からすべりでてきた弱く光る帯状の霧の正体はすぐにわかった。クーリノルがここで待ちかまえていたのだろう。あまりの動きの速さに、ブルは攻撃を恐れてグラヴォ・パックに出力強化を指示し、分岐点を高速で横切ろうとした。そのとき、霧が人間のかたちをとりはじめ、同時に聞きおぼえのある鼻にかかった声がする。だがいま、その口調には高慢さのかけらもなかった。

「待ってほしい、ヴィーロ宙航士」と、小声で、「あなたの助けがいる」

＊

レジナルド・ブルは制動をかけた。急カーブで方向転換し、通廊の分岐点にもどる。霧はすでに見おぼえのあるかたちをとっていた。冷たい石炭のようなふたつの暗黒が、未完成な顔の擬似眼窩におさまっている。

「その頭のなかで奇妙なことが起きているにちがいないな」と、ブル。「わたしがきみに手を貸すと思っているんなら」

「過去のことは忘れてください」メルラーがもとめる。「あなたから受けとったものはすべて返してもいい。どんな代価も要求しない。あなたが友に助けを呼んでいるのを聞きました。かれらはここに向かっているのでしょう。助けてもらえなければ、わたしはエリュシオンとともに破滅だ。あのエルファード人はとほうもなく怒っている。すべての構造を破壊するまでとまらないでしょう」

クーリノルの言葉に、遠くのたたきつけるような轟音が伴奏をつけた。ヴォルカイルはまだ暴《あば》れまわっている。罰しようとした冒瀆者には逃げられたが、怒りがおさまらないのだ。

ブルはクーリノルに憐憫《れんびん》も同情も感じていなかった。胸のうずきさえなく運命に引きわたすこともできただろう。だがメルラーはここの事情に通じていて、折りたたみ通路を開閉できる。そしてなによりも、イルミナ・コチストワの居場所を知っているのだ。

「条件がひとつある」ブルはいった。「こちらの指示に完全にしたがうこと。わたしのいうとおりにしろ」

「もちろんですとも」クーリノルはいさんで同意する。「なにが望みかいってください」

「おまえはわれわれの仲間のひとりを、その同行者とともに捕らえた。彼女のもとに連れていけ。最短コースで」

メルラーは動きだし、

「こっちです！」と、叫ぶ。

かれらは三十メートル下の通廊におりた。いずれにせよブルが行こうと思っていたほうだ。クーリノルが側廊に入る。数メートル先で行きどまりになったが、突きあたりの壁の手前で黄色い発光マークが微光を発していた。

「ここを通ります」と、クーリノル。

「きみが先に行け」ブルが命じた。

メルラーはレジナルド・ブルがまだ話しているうちに消えた。ブルはそれにつづく。あまりいい気分ではない。通過の瞬間、ヴォルカイルがエネルギー供給や転送フィールド・プロジェクターを麻痺させたらどうなるのかと、思わず考えたから。転送の失敗は致命的だ。アラスカ・シェーデレーアのように、欠陥のある転送機接続に身をゆだねて大過なく生きのびた者など、ほとんどいないのだから。

ブルは内装のすくない大きな部屋で実体化した。目の前にメルラーが浮いている。セランの音声センサーごしに猛烈な轟音が聞こえた。さっきの通信でイルミナ・コチストワが距離は四百メートルだと話していたが、ここまでの移動でエルファード人にも近づいたようだ。ブルはわずかに浮いているので床には触れていないが、壁が震えているのは見えた。ごつい車輪のついた寝台のような台車が、がくんがくんと部屋の床を伝っていく。

「急げ」ブルはクーリノルをせかした。「時間がないぞ」

メルラーは部屋の奥の壁まで浮遊した。壁の一部が非物質化する。幅二メートルの亀裂ごしにテラ風のしつらえの部屋が見え、ブルはそこに女ミュータントの姿を認めた。

侏儒のキドは彼女の左肩にあがって頸にしがみついている。

　ブルはなにかいいかけたが、殺人的な爆発の轟音に言葉を失った。眼前の光景が目もくらむ明るさにのみこまれ、フィールド・バリアでは吸収しきれない衝撃を食らって前方に投げだされる。鋭い金切り声が聞こえた。メルラーとぶつかったのだろう。ブルはクーリノルが壁にあけた亀裂のへりにたたきつけられた。安定装置がコースを修正。ソファやテーブルがそばを通りすぎていく。ブルはテラの丘陵地帯が見えている窓に向かって突進した。草をはむ牛のいる草原に、鬱蒼《うっそう》とした森。ばかげている。よりによってこの絶望的カオスの瞬間に、シミュレーション映像で故郷を思いだすとは。

　イルミナがブルのコースに立ちはだかり、かれを捕まえようとする。

　ブルはグラヴォ・パックの出力を徐々に落として、ゆっくりと床におりた。

「あそこを見て！」と、ミュータントは叫んで腕を伸ばす。

　ブルは振りかえった。ついさっきクーリノルとともに横切った空間が消えている。壁は切れはしとなってぶらさがり、エネルギー物質は光る靄と化してのろのろと流れていく。エルファード人の破壊力は休みなく活動をつづけていた。さっき亀裂があった壁はもはや存在しない。レジナルド・ブルの立つ床がばらばらになり、徐々に消える。一秒に数センチメートルずつ、はしから失われているのだ。

　そのはしの向こうで蒸気がもうもうとあがって、放電がばちばちと閃光を発し……このカオスのどこか中心に、エルファード人の光る姿があった。それは巨大すぎる大きさにふくれあがっている。ヴォルカイルはエリュシオンをあらかた破壊していた。直径六百メートルをこす空洞が口を開けている。一時間前には輜重隊や軍勢のあらゆる階級や種族の生物が、高額な娯楽を楽しんでいたというのに。

「逃げられる部屋はあとどれほどあるのだろうな、いまいましい冒瀆者?」エルファード人の声がとどろく。「復讐の手がおまえにとどくまで、どれだけ時間があるのだろうな?」

レジナルド・ブルは、だれかに絶望的な状況だと説明してもらうまでもなかった。急速に崩壊するエリュシオンから脱出する方法を数分以内に見つけなければ、華やかな娯楽施設とともに破滅してしまう。

「クーリノル、どこにいる?」ブルは低くたずねた。

返事はなかった。爆発のあと、メルラーは姿を見せていない。破壊の吸引力に巻きこまれたか、自力で逃げたかしたのだろう。

まだ、最後のチャンスがのこっている。

「ウイスキー」ブルはひとりごちた。「きみのお守りはここでも役にたつのか?」

イルミナが驚きの叫びをあげる。ブルはそれを無視して浮上し、前方へ向かうと、右腕を高くさしあげた。エルファード人の光る姿まで、まだ二百メートル以上ある。ドラクカーの護符が視覚以外の方法でも認識されるよう、心から願った。この距離で、ヴォルカイルが三センチメートルそこそこのしるしを見わけられるとは思えないから。

「これを見ろ」と、セランの外側コミュニケーション装置から声をとどろかせる。「きみが探しているわたしはここにいる。だが、手出しは許されんぞ。強力な庇護を受けているのだから」

エルファード人が飛翔してきた。もうもうたる煙がブルの眼前で裂ける。家一軒ほども大きくなった輝く鎧のために、ヴォルカイルは地獄の湯気からあらわれた冥界の半神のように見えた。

「おろか者！　おまえをエルファード人の怒りから守れる権力者など、どこにいるというのだ？　おまえはわたしのものだ。復讐を遂げてやる……」

レジナルド・ブルは関節が痛くなるほど腕を伸ばした。巨人がまだ人類とともに生きていた太古の時代の被造物のごとく、ヴォルカイルが近づいてくる。ヘルメットの格子の奥で躍るふたつの鬼火の反射は、人間のこぶしほどまで巨大化していた。エルファード人は護符の力に反応しない。テラナーは最後のチャンスをつかみそこねたのだ。

「ヴォルカイル！」

煙が充満した空洞のまんなかで、雷鳴のごとく声が生じた。ブルはとまどって周囲を見る。はるか下に第二の光輝現象があらわれていた。それが接近してきて、エルファード人のハリネズミ鎧の輪郭があらわになる。メリオウンだ、という思いがブルの頭をよぎった。

「いま呼んだのはだれだ？」ヴォルカイルは混乱して、「わたしのじゃまをするのはだれだ？」

メリオウンはエリュシオンの膨大なフォーム・エネルギー量と連動してはいない。エネルギーは吸いこんでおらず、通常の大きさである。その鎧が強力な光輝を発して同族をつつむ光を凌駕《りょうが》していなければ、巨大なヴォルカイルの隣りでちっぽけに見えていたかもしれない。

「わたしだ、メリオウンだ」と、ヴォルカイルの問いに答えて、「だが、わたしがきみのじゃまをしたのではないだろう。わたしが永遠の戦士の指示で営んでいる施設に騒動を持ちこんだのは、きみのほうだ」

「わたしは復讐を遂げなければならない」ヴォルカイルはわめいた。メリオウンが発してから縮みはじめている。「戦士法典が、わが名誉を守れと命じているのだ」

「きみの動機は理解できる」と、メリオウン。「りっぱなことだ。だが、大がかりな復讐は必要なかろう。まわりを見ろ。きみがなした破壊の跡を。きみの名誉はあがなわれた。ウパニシャドの力のみで維持されていた堂々たる構造を、その手で瓦礫にしたのだ。その強さの栄誉は星々のあいだに響きわたるだろう。もうここでなすべきことはない。

べつの、より重要な案件がきみを呼んでいる」

ヴォルカイルの鎧の光が暗赤色を帯びた。からだは縮みつづけている。空洞を雷地獄にしていた放電が消えた。

「それを聞けてよかった」鎧のなかから独特な歌声が聞こえてくる。「わが復讐は、戦士法典がもとめるままに遂げられたということ。きみはカルマーの代理人だ。きみにしたがおう。セポルでの計画はわたしの任務ではないのだから。より重要な案件といったな。なんのことだ？」

ふたつの光る姿はならんで宙に浮いていた。もう同じ大きさになっている。

「シオム・ソム銀河に行くのだ」と、メリオウン。「惑星マルダカアンで〝生命ゲーム〟が開催されている。そこでなにをすべきかは知っていよう」

「きみの指示はわが名誉となる」ヴォルカイルが応じた。「きみが命じたとおりに行こう」

驚きに身をかたくして、レジナルド・ブルは宙に浮いたふたつの光る姿を見ていた。変化が速すぎて、すぐには理解できない。なかば茫然と、伸ばした腕を引っこめ、手のひらをしげしげと見る。ウイスキーの護符はあとかたもない。ヴォルカイルはこの護符を歯牙《しが》にもかけなかった。だが、すんでのところでメリオウンがあらわれて、危機は去った。メリオウンがあのタイミングであらわれたのは、たんなる偶然か……それとも、庇護されるべき者の印章ゆえか？

ブルにはわからぬことだ。振りかえって、女ミュータントとキドのもとまで飛んだ。途中でイルミナの叫びにぎょっとする。

「あっちを見て……あの下を！」

ブルは肩ごしに目をやった。靄からふたつの乗り物の輪郭があらわれた。ヴォルカイルとメリオウンは消えている。ブルは小型艇二隻のシルエットをすぐに見わけられた。あれは《ラヴリー・ボシック》の搭載艇だ。

「助かったな」ブルはつぶやいた。

ついさっきまでイルミナの部屋の一部だった平面のはしに着地して、グラヴォ・パックを切る。ほっとして膝が震えていた。

6

ヴィールス船の自動カレンダーの表示によれば、NGZ四二九年六月十一日である。恒星セポルの長い最小期は終わり、第三惑星の軌道内で何週間も吹き荒れていたハイパーエネルギー性の嵐は収束に向かっている。ヴィーロ宙航士たちが第二惑星ナガトに行き、ロナルド・テケナーをかれの船や乗員とともに救出できそうな時期が近づいていた。

大催事場からの撤退はすんなりといった。ロワ・ダントンは三名を救出して搭載艇に収容。二隻は進入時と同じ道をたどって、つまりヴォルカイルがあけたと思われる巨大な亀裂を通って、エリュシオンの廃墟をはなれた。さしあたり、二名のエルファード人についてはなんのシュプールもない。メリオウンの指揮船からは通常のデータ通信による指示の流れを感知した。つまり、メリオウンはエリュシオンで介入したのち、通常の任務にもどったということ。これに対してヴォルカイルの球状船はまったく探知・視認できなかった。ドラン・メインスターをリーダーとするハンザ・スペシャリスト四名がいまなおエルファード人の船内にいるかぎり、これはヴィーロ宙航士たちにとって重大なことなのだが。

レジナルド・ブルは《エクスプローラー》に帰還し、イルミナ・コチストワとキドは《アスクレピオス》にもどった。女ミュータントが法典ペプチドに使う血清の開発をつづけるあいだに、《エクスプローラー》と《ラヴリー・ボシック》の船内ではナガトへの出動準備が全力で進められる。ロワ・ダントンのヴィールス船が作戦を指揮し、《エクスプローラー》からは、すくなくとも二十のセグメントが参加することになっていた。

とはいえ、この日に最大の印象をのこしたのは、まったくべつの出来ごとであった。永遠の戦士の栄誉のためにおこなわれた、感覚をまどわす壮大なショーである。ベ＝ルコの偉大なる瞬間がきたということ。かれがカルマーを讃美するためにしあげた芸術作品を、世界は味わうことになったのである。

標準時間十一時三十二分、惑星ナガトの三十三衛星をはなれてセポル星系の外縁へと向かう小型宇宙船の集団を、《エクスプローラー》と《ラヴリー・ボシック》の両船で同時に探知した。近距離探知によって、厚さ三メートル、長さ八メートルの六角柱状飛行体と判明。既知のタイプである。はじめてあらわれたとき、この小型船は〝棺〟と名づけられた。これらの小型船は、起爆システムを調整するために、三十三の各衛星に着陸して起爆クリスタルを埋設したのである。この葬列船団の撤退が意味するのは、ベ＝ルコが起爆を実行して至福のリング・システムを発生させるときがきたということ。

〝棺〟のコースから、恒星セポル周辺のハイパーエネルギー嵐はもはや深刻な危険因子ではないことが見てとれる。十二時〇五分、六角柱の葬列船団は第三惑星の軌道を通過した。

ヴィールス船や輜重隊の宇宙船のすべての光学装置がナガトとその三十三衛星に向けられ、通信領域に気味が悪いほどの静寂がひろがる。やがて沈黙のうちに、いつまでも終わりそうにないデータ交換がおこなわれた。メリオウンが命令をくだしたり、巨大軍勢の各部隊にそれぞれの任務を割りふったりしている。世界が息をとめた。総司令官をはじめとして、みなに軽視されているドラクカーにいたるまで、すべての者が、ベ＝ルコが最初の起爆インパルスを発するのを待っている。

ハイパーエネルギーにもとづいて作動する測定装置が最初の兆候を伝えた。それから数分がすぎ、電磁放射の波が巨大な望遠鏡のレンズに到達する。はじめはかすかな閃光、火花にすぎなかった。それが伸びて細い光の帯となり、惑星を一周して鮮紅色に輝くリングになる。そのショーが終わるまで、二十秒弱。第一のリングができたとたん、第二、第三、第四とひらめき……惑星ナガトをつつむ天界の花火のように舞いおどった。ナガトの夜の側にいた住民は、首を伸ばし、畏怖の驚きを胸に、頭上でくりひろげられるドラマを追った。

ヴィールス船内の驚きも……畏怖の念はないにせよ……それに劣らぬものであった。

目の前の出来ごとは幻想的で、次々にスクリーンから衛星が消えていく。衛星は無数の破片となり、秒速で惑星をとりまく多彩な輝けるリングに変わった。あっという間に三十三本のリングが生じる。いずれも色が異なり、それぞれが惑星ナガトの赤道面に対して固有の角度をとっていた。最終的にできあがったのは、数百年前の原子模型を思わせるものであった。三十三の電子が周回する原子核だ。

《エクスプローラー》の司令室では、そのようすが拡大ホログラム映像でうつしだされていた。ヴィーロ宙航士たちは次々にできるリングを驚嘆して見ている。ショーが終わってからも、かれらは長いあいだそこに立ち、リング技師ベ＝ルコが三十三衛星の物質から魔法のように生じさせた物体が見せる非現実的な美しさに、感動していた。

ついにその静寂を破ったのは、レジナルド・ブルだ。かれの声には、腹だたしさと苦々しさがにじんでいる。

「この瞬間にわれわれを襲ったすべての敬虔《けいけん》な思いにかけて、ひとつ忘れてはならんことがある。目の前に見えているものは信じられないほど美しく、息が詰まって感動を表現する言葉もないほどだ。だがこれは同時に、残忍な暴力の、抑圧の、闘争のための闘争のシンボルでもある。これは永遠の戦士のシンボルだ。無限の善を成就できたはずの技術や知性がどれほど浪費されたのかを考えると、背筋が寒くなるな」

＊

メリオウンのメッセージが青天の霹靂《へきれき》のように入ってきた。

「わたしはこの指示を」ヴィールス船内ではこう聞こえた。「最近、戦士の輜重隊にくわわったばかりの、ヴィーロ宙航士と名乗るすべての者に伝える。わたしがいわねばならぬことを聞くがいい。

諸君は戦士の輜重隊や軍勢の構成員ではない。諸君のうちの一名はこぶしの保持者なのだから、わたしは敬意をはらわなければならない。だが、きみたちはカルマーの部隊と輜重隊の構成員に混乱をもたらしている。諸君のもとでは、一日を、一時間と呼ばれる単位の二十四倍で計算すると聞いた。その一日ぶんをあたえる。それが過ぎたら、セポル星系をはなれてもらう。もうひとつ、伝えるべきことがある。恒星セポルの最小期に起きるハイパーエネルギー嵐はおさまってきたが、惑星ナガトは戦士の戦略のもと、なおも封鎖領域とされる。諸君の宇宙船がすくなくとも一隻いるようだが、許可のない宇宙船は接近してはならない。

わが指示を守れ。そうすればわれわれ、友とはいかずとも、ひとまず平和的にたもとを分かつことはできよう」

そのあとに《ラヴリー・ボシック》と《エクスプローラー》とのあいだでかわされた

通信はあわただしく、部外者には解読できぬものであった。メリオウン指揮下の軍勢の優位を考慮すれば、要求のすくなくとも前半部分はのむしかない、それは疑いの余地がなかった。ヴィールス船は期限内にセポル星系を去ることになろう。だが、絶対にナガトへは行かなければならない。種々の方法で呼びかけても、ロナルド・テケナーは応答しないのだ。つまり《ラサ》は困難な状況にあるはず……まだ存在しているとして。

したがって、メリオウンがなんといおうとテケナーと乗員たちを見捨てるわけにはいかないのだ。コンピュータに似た組みあわせ演算能力を持つ宇宙船が、行動計画の立案を命じられる。

この日の驚きはこれで終わりではなかった。ナガトで至福のリング・システムが完成してわずか数時間後、ヴィールス船の探知装置が高速でナガトを去る一宇宙船をとらえたのだ。ナガトの地表からスタートしたはずだが、惑星から数万キロメートルはなれてはじめて探知装置が反応した。スタートから数分間は、惑星の対探知の楯のなかを航行していたのである。

この未知船には奇妙な点がいくつかあった。第一に、計測装置では作動様式のわからないエンジンで通常空間を進んでいる。第二に、短距離探知で宇宙船の正確な形状を探りだすのも不可能であった。計測機の探知放射をしりぞける特殊なエネルギー・バリアでおおわれているのだろう。船の全長だけは四百メートルと確認できた。カルマーの宇宇宙船であることに疑いの余地はない。つまり、戦士はずっとナガトに滞在していたということ。いま、リング・システムが完成し、メリオウンが主人にかわる監視役としてナガトに入るときが近づいたために、ここですることはなくなり、次の目的地に向かったのだ。かれに選ばれる種族には災いが訪れる。その種族は恒久的葛藤の理論がどのように実行されるのかを知り、至福のリングが故郷世界をつつむさまを目《ま》のあたりにして、思い知るのだろう。あとにつづく三十、五十、百もの世代が、永遠の戦士が絶対権から課す試験を、つねに恐れながら生きることになると。

　さらに、もうひとつのことが起きた。二十二時になるころ、九個の球体が連なった一隻の宇宙船が虚無から出現したのである。ヴォルカイルの船だ。それが《エクスプローラー》からわずかの距離に実体化したとき、ハイパー通信機が作動しはじめた。四名のハンザ・スペシャリストが連絡してきたのだ。ドラン・メインスターが伝えてくる。エルファード人を介して銀河系とエレンディラ銀河とのあいだに緊密な通商関係を築こうとする試みは、失敗に終わったと。

「われわれをどなりつけたい理由は数百もあるだろうと承知しています」と、メインスター。「すでにお話ししましたが、悪かったと認めろというのであれば……われわれ、心から反省している。とにかく《エクスプローラー》に帰還する許可をいただきたい」

　この願いをはねつけようと思う者はいなかった。《エクスプローラー》は搭載艇を出し、男女二名ずつをヴォルカイルの船から収容した。その直後、九個の球体からなる宇宙船は動きはじめ、数秒後にプシオン性フィールド・ラインの領域に消える。ヴォルカイルは同族メリオウンのもとめに応じて、シオム・ソム銀河に向かったのだろう。惑星マルダカアンで、生命ゲームに参加するために。

＊

NGZ四二九年六月十一日の真夜中になろうとしていた。レジナルド・ブルが《エクスプローラー》の洞穴のような自室キャビンにもどったとき、訪問したいという連絡を受けた。古風な礼儀作法にすこし驚いたが、居室の出入口にイルミナ・コチストワがあらわれると、明るい顔をして、

「きみしかありえないと、気がついてもよかったはずだな」と、よろこんで大声を出した。

「すこしおしゃべりをしたい気分だったので」と、女ミュータント。

ブルは手招きをしてたずねた。

「血清はどんなぐあいだ？」

「まだなんとも。さしあたり重要なのは、法典分子を徹底的に分析して、すべての謎を解くことです。でも、この作業にはもうすこし時間がかかるでしょう。それに、帰還し

たハンザ・スペシャリスト四名の面倒も見なければ。かれら、ヴォルカイルの船にいたあいだに法典分子をたっぷり吸いこんでいますから」彼女はかぶりを振った。「おしゃべりしたいというだけの理由できたのではありません。いくつかたずねたいことがあって」

「なんでも訊いてくれ」と、ブル。

「きのう、エリュシオンで状況が緊迫して、ヴォルカイルがわたしたちを抹殺しかけたとき……あなたは突然かれに立ち向かっていって、こういいました。〝ウイスキー、きみのお守りはここでも役にたつのか？〟と。どういうことなのでしょう。ウイスキーという名前の者を知っているのですか？」

「ああ。きみもか？」

イルミナは明るい声で笑った。

「長い話ですから、またいつかお聞かせします。ただ、まだ終わっていないような気がして。エピローグが欠けているんです。あなたが口にした〝お守り〟というのは、なんなのですか？」

レジナルド・ブルは考えこみながらぼんやりと目をあげた。微笑が幅のひろい顔をかすめる。ドラクカーの護符は、はじめからいやいや受けとったのだ。自分の意識と直接つながるなど不気味だと思っていた。現実を見れば、たしかに二度、確実な破滅から救ってくれた。とはいえできるだけ早くほうりだしてしまいたい。いまがそのチャンスである。

ウイスキー、と、ブルは明るい気分で考えた。見ていろ。きみのいったとおりになるぞ。

「こういうことだ」ブルはイルミナ・コチストワに語った。「催事場に入ったとき、わたしは無力であわれなドラクカーが巨大な三本脚生物ともめているところに出くわした。その三本脚の者は、ドラクカーからなにかを盗まれたといいはっていた」

イルミナはうなずいた。

「ドラクカーのことは知っています。かれらは注目すべき種族ですね」

「そうだな」ブルはつぶやいたが、心ここにあらずのようだ。「わたしはそのドラクカーを三本脚の悪漢から守った。すると、ドラクカーはお礼だといって、たくさんのことを話してくれたわけだ。戦士の組織について、その軍勢や輜重隊について……」

「もっと聞かせてください」ブルがそこで間をおいたので、ミュータントはせかした。

だがブルは、自分の記憶が薄れつつあることに気がついた。

「待ってくれ……われわれ、地下室のような部屋に引きこもったのだ。そこには……あ、そうだ。そこにはドラクカーだけが知っている折りたたみ通路があった」

ドラクカー？　ドラクカー？　ドラクカーとはなんだ？　ブルは驚いて自問した。

「それから……それから……」ブルは困りきって口を開き、ミュータントを見つめる。「きみはいったいなにを訊いているんだ？　わたしはいま、きみになにを説明しようとしている？」

イルミナはおだやかにほほえんだ。

「いま話を聞いているあいだ、あなたの脳を観察していたのです、ブリー。ちょっとした変化が見られました。あなたの記憶のごく一部が組み替えられた。もらったお守りのことはだれにも話してはならないと、ウイスキーに忠告されていたのではありませんか？」

「ウイスキー？　ウイスキーとはだれだ？」ブルはとまどいながらたずねて、自分の無力さにすこし腹をたてた。

ミュータントは立ちあがると、

「もうよしましょう。いつかまたお話しできるかもしれない……あなたはもうなにも思いだせないだろうと、ほぼ確信していますけれど」

＊

小型艇が一隻、大きな宇宙船に接近している。その小型艇は《エクスプローラー》所属で、イルミナ・コチストワが借りだしたものだ。大きな宇宙船は最後に見たときから変わっていない。外被はひび割れ、しわだらけで、象の皮膚でできているように見える。そこに開口部があった……《アスクレピオス》の搭載艇で助けをもとめたときと同じ位置だと、イルミナは思った。彼女は小型艇で開口部を通過し、乳白色の明るさで満たされた、不規則なかたちのひろびろとした空間に着いた。

《アスクレピオス》の搭載艇は、彼女がのこしていった場所にそのままあった。小型艇を床におろし、外に出てセランのヘルメットを開く。ここの空気はひんやりとして希薄だが、問題なく呼吸できる。

「もどってきてくれてうれしい」ヤダーの声が響いた。「見てのとおり、あなたの搭載艇はしっかりと見張っておきました」

「もう一度あなたと会って、もう一度その声が聞きたかったの」と、イルミナ。「メリオウンがわたしたちになにを要求したのか、知っているでしょう。わたしたちは去らなければならない。あなたも、いつまでもここにいるわけではないと思うの。あなたの病気は治った。治療に使う薬を手に入れるために商売をする必要はなくなったわ。不死になったようなものだから」口調を変えず、間もおかずに、彼女はいきなり話題を変えた。

「残念だわ。愛すべきドラクカー種族と会えなくなるなんて、さびしくなりそうよ」

ヤダーは即答しなかった。ようやく話しはじめたとき、その声は愉快そうな調子を帯びていた。

「つまり、わたしの芝居を見ぬいたということ」

「半分は見ぬいて、半分は意味論的に解明したの」ミュータントはあっさりと応じた。「ドラヤダーはヤダーの息子という意味ね。十六の個体からなるあなたたちの種族は、クカーと名乗っている。それなら、ドラクカーは〝クカーの息子〟だわ」

壁の一カ所が動きだした。身体物質の一部がくびりとられ、自立する。直径三十センチメートルでレンズ形のたいらなからだができ、切り株のような擬似肢が四本生えて、その先端にはさみに似た鉤爪がついた。からだの表面から茎が伸び、先端に目を思わせる芽が形成される。そのちいさな生物がミュータントのほうにやってきた。

「あなたはウイスキーね」と、イルミナ。

「われわれ、全員がウイスキーなんです」と、ちいさな者は元気のいい声で訂正した。「あなたの友が名前をつけてくれました。その名がわれわれの共同意識に刻まれたというわけです」

イルミナは一瞬のあいだ、ドラクカーがレジナルド・ブルにわたしたお守りの秘密について訊いてみようかと考えた。だが、好奇心をおさえる。答えてもらっても意味はないだろう。ヤダーは答えを明かしたがらないかもしれない。

「わたしがどんなふうに商売をするのかと、あなたはたずねましたね」船の声がいった。「もうおわかりでしょう。わたしははるか昔に辺鄙《へんぴ》な惑星で出会った者をひな型にして、自分の身体物質から生物をつくったのです。その生物がわが目的にぴったりだと思えたから。必要とあらば、わたしは何千ものドラクカーをつくりだせます。かれらのなかにはわたしと同じく、わが種族の知恵が生きている。わたしの商売相手であるほとんどの生物よりも高い知性を持っています。すべての者から軽蔑されているとはいえ、どの歳の市でも、裏で糸を引いているのはドラクカーなのです」

「かれらも必要なくなるわね」イルミナは悲しげに、「さっきもいったけれど、あなたはもう商売をすることはないから」

「いや、それでもヤダーにはわれわれが必要ですよ」ウイスキーが高い声でいいかえす。

「だって、ヤダーはわれわれを生みだすのが楽しいんだから。それに、われわれと話していると、ほんとうに仲間がいるような気分になるんですから」

「このおしゃべりめ」ヤダーは不機嫌なふりをして、「自分の場所にもどるがいい」

ウイスキーは踵を返すと、自分が生まれた壁ぎわにもどった。数秒後、母なる物質に溶けこむ。

「それじゃ行くわ、ヤダー」と、ミュータント。「搭載艇二隻をドッキングさせて、仲間たちのもとにもどる。永遠にお別れすることになりそうね」

「そのとおりです」船は応じた。「あなたは友だ。いつも思いだして、さびしくなることでしょう。あなたが大好きでした」

「わたしもあなたが大好きよ、ヤダー」そういうと、イルミナは喉のあたりに急に塊りができた気がして、すんなりと言葉が出なくなった。だしぬけに背を向けると、《アスクレピオス》の搭載艇に乗りこむ。数分後、彼女は小型艇二隻をドッキングさせ、大ホールのような空間から宇宙の暗黒へと向かった。

＊

さらにふたつ、記憶にとどめておくべきことがある。

第一に、輜重隊の噂によれば、娯楽施設エリュシオンの再構築がはじまったそうだ。気晴らしの提供はセポルの歳の市が解体される前に再開されるという。奇妙なことに、メルラーのクーリノルの噂はまったくささやかれなかった。あとかたもなく消えたようだ。レジナルド・ブルが詐欺師に支払ったホワルゴニウムは二度とあらわれなかったが、ブルは一部を埋めあわせてもらった。イルミナ・コチストワがウイスキーにもらったカルシトの結晶二個を、彼女から受けとったのである。

第二に、レジナルド・ブルはドラクカーと護符の記憶をすっかりなくした。護符がその効果をしめすことは二度となく……つまり、ブルがもともと願っていたようになったということ。

こうして新銀河暦四二九年六月十二日がはじまった。メリオウンの告知によれば、かれはまもなくナガトに入り、そこでナガト人種族が課される恒久的葛藤の試験のときがくるまで、永遠の戦士にかわって監視役をつとめるという。

ヴィールス船では出発の準備が進められている。仲間の運命に責任を感じる者たちは、燃えるような問いをかかえていた。ロナルド・テケナーと乗員たちは、どうなったのだろうか？

ナガトの動物使い

ペーター・グリーゼ

登場人物

ロナルド・テケナー……………………《ラサト》指揮官
ジェニファー・ティロン………………《ラサト》乗員。テケナーの妻
パシシア・バアル（パス）……………同乗員。アンティの少女
ファルコ・ヘルゼル……………………同乗員
ロンガスク………………………………シャバレ人。自由掠奪者
オグホル…………………………………ナガト人。共生者の部族長
ヴァイチャス
カイリビ　}…………………………同。第二調教師
カグハム…………………………………同。寄生者の部族長
カルマー…………………………………永遠の戦士

第一調教師がナガトの土に還りしとき、ワデルダー狩りがはじまる。ワデルダーを捕らえ手なずける者こそ、あらたな第一調教師にふさわしき者なり。あたえらるるは、二十日間。ワデルダーを捕らえることなく、この時が過ぎたならば、破滅の布告が部族にくだる。救える者は、いずこにもあらず。

オグホルの部族にて、かがり火のそばで語られし物語より

1

女ナガト人のヴァイチャスにとって、一ナガト人の死が重要な意味を持つことは、めったにない。オグホルの部族のほかの者たちすべてや、知性を持つナガトの全住民と同じように、彼女も自然と強く結びついているから。

だが、この場合は違う。今回はなにもかもが違っていた。第一調教師が死んだのだから。オグホルの部族にいるたいていのナガト人にとっても、これは特別な出来ごとだった。とはいえ、だれもがヴァイチャスよりは冷静でいるようだ……もちろんカイリビを例外として。

第一調教師は……もともとの名前はとっくに忘れ去られていた……彼女の師であっただけではない。ヴァイチャスはその一番弟子だったのだ。あるいは二番弟子。いいえ、と、女ナガト人は自分にいいきかせる。わたしが一番だ……もちろんカイリビを例外として。

埋葬がすみ、下にひろがる〝千本木の村〟にはふだんの暮らしがもどっていた。オグホルは大勢の第二調教師とともに、ウッダナガーたちを操って新しい家をつくっている。数日のうちに三件の結婚式がおこなわれるので、あらたな家族には住む場所が必要だから。ヴァイチャスのことや、彼女の個人的な悩みや憂慮など、だれも気にしていない……もちろんカイリビを例外として。

女ナガト人は、オグホルの村をまるくかこむ五つの丘の頂きのひとつでうずくまっていた。腕の先の三本指をちいさなこぶしに握る。そうすれば自分のなかに支えが見つかって、目の前の大きな試練に立ち向かう勇気がわいてくるかのように。その試練は、彼女にとってあまりに重いものであると同時に、部族にとってはすべてを意味することになるかもしれない。ほかのナガト人たちは、彼女の姿が目に入っても気にしていないようすだ……もちろんカイリビを例外として。

そのカイリビはべつの丘の上でうずくまり、ヴァイチャスを見ている。あたりに目をやるまでもなく、彼女はそう確信していた。

カイリビはヴァイチャスの三つ年上だが、そうでなくとも彼女に大きく先んじていた。すでに一度、ワデルダーと出くわしているのだから！　すくなくとも、いつもそういいはっている。それに、第一調教師もカイリビの主張を疑ったことはなかった。いま、師のからだはナガトの大地のなかにあり、すべての自然な生物に定められた永遠の道を歩んでいる。もしカイリビの主張の真偽に揺さぶりをかけたりしたら、許しがたい冒瀆《ぼうとく》だとみなされただろう。だが、彼女は内心、違う考えを持っていた。

カイリビは猛烈な功名心に駆られている。かれにとり、自分が後継者だというのは修正のきかぬ事実であり、疑問などはさませない。だれが第一調教師の後継者になるのか、ヴァイチャスには筋書きとして必要なライヴァル役を演じさせているだけなのだ。カイリビは、ヴァイチャスが負けたのちも第二調教師の輪にのこることを許しはするだろうが、死ぬまで彼女とは口をきかないだろう。

オグホルの部族の法や掟で、そう定められているから。

ヴァイチャスはワデルダーについて、オグホルの部族のほかの者たちと同じくらいのことしか知らない。ワデルダーは、二本脚で立って歩き、毛皮はなく、非常に数がすくないという。なによりも、からだの大きさがわからなかった。さらに重大だと思うのは、ワデルダーがどのような声に耳を貸すのか不明なことだ。ワデルダーと出くわして自分に注目させるには、からだにどんな模様を描けばいいのだろう？　ヴァイチャスにはわからなかった。オグホルの部族の者はだれも知らない……おそらくカイリビを例外として。かれにはすでに一度、ワデルダーをじっくり見るチャンスがあったのだから。

女ナガト人は頭をあげた。鬱蒼とした場所があちこちにあるジャングルの向こうに、村が見える。オグホルはなおも、第二調教師たちをひきいてウッダナガーを操り、巨大な居住木の上方にうろを掘らせていた。

カイリビがからだに模様を描くところを盗み見てみようか？　だめだ！　彼女はふたたびこの考えをしりぞけた。ライヴァルはじつに狡猾《こうかつ》なのだ。二十四かそれ以上の動物を同時に操り、自分の身を守らせたり武器にしたりできる。見えるほど近くまで行くことは絶対にできまい。

ヴァイチャスは自分のなかに耳をすました。恐怖とよろこびを感じている。恐怖の対象はなんといっても火だ。それにくらべれば、ときおり縮小する恒星への懸念などどうということはない。あの恒星は恐ろしいものだが、崇拝の対象でもある。彼女は夜が待ち遠しかった。夜にはたくさんの衛星が……オグホルによれば三十三個あるという……自分を元気づけてくれる。彼女は衛星が好きだ。たとえ惑星の従者にすぎずとも、飾りけがなく美しいから。故郷の自然とならんで、衛星は世界のあらゆる壮大さのシンボルだった。

ある夜、夢をみたことがある。恐ろしい結末の夢で、そのため何日間も動物たちにしっかりとした指示ができないほどだった。その夢のなかでは、衛星が溶けて多彩な筋になり、夜空に飛び散った。ヴァイチャスはぞっとしながらその光景を思いだす。

とはいえ、彼女の生活にはいい面もたくさんあった。オグホルの部族のナガト人は、全員が動物使いである。遠くや近くのほかの部族の者も、すべてがそうだ。だが、第二調教師になれる才能を持って生まれる者はわずかだった。百種類以上の動物を意のままにできるとみごとに証明できた者だけが、第二調教師の地位を得る。さらにそのなかで、未知の動物とも一瞬にして意思疎通できる者がエリートとされる。

こうしたエリートのナガト人には、名称はないが特別な地位があたえられた。かれらは第一調教師のもと、つねに部族のために働く少人数の精鋭グループをつくる。やがて第一調教師が死ぬと、この選ばれた者たちからあらたな第一調教師が決められるのだ。そのためにはナガトでもっとも希少な動物、つまりワデルダーを二十日以内に見つけだし、手なずけるという試練が課される。

オグホルの部族でこの特別な地位にあるのは二名のみである。ヴァイチャスと、もちろんカイリリビだ。明確なスタートの合図はなかったにせよ、対決はすでにはじまっていた。

自分は第一調教師の地位をめぐる対決で負けるだろうと、ヴァイチャスはずっと思ってきた。カイリリビのほうが圧倒的に有利なのはまちがいないのだから。

あらたな第一調教師が自分と口をきかないとなると、どうすればいい？　そのような屈辱に自分は耐えられるだろうか？　わからない。しかし、彼女はあきらめてもいなかった。

運がよければほかの部族に入れるかもしれない。そこではごく低い地位からはじめることになるが、動物の声まねをする彼女の能力は並はずれているから、不利にはならないだろう。もちろん行き先は、オグホルの部族と同じような〝共生者〟のところでなければならない。

ここ、千本木の村では、自然と結びついた共生者が動物と仲よく平和に暮らしていた。もちろん、なにをするかはナガト人が決め、自分たちの必要に応じて動物を操っている。だが、搾取したり隷属させたりはしていない。

真の動物使いであれば、そのようなことをする必要はないのである。共生相手と文字どおり理解しあえるから。齧歯《げっし》類のウッダナガーは居住木にうろを掘ることで、ナガト人から見返りを得ている。悪天候時に守ってもらったり、大好きな〝絹のつぼみ〟が生えている場所に連れていってもらったりするからだ。このようにして、たがいに助けあっているのである。

ナガト人が騎乗動物として利用する巨大なエルテルもそうだ。エルテルの皮膚に寄生する蛭《ひる》をピンク色のフクロウが一定間隔で食べるように動物使いが世話をしていなければ、この巨大動物はとっくに絶滅していたはずなのだから。

このような例はあげればきりがない。そのすべてから、ナガト人が自然と調和した共生者だとわかるというもの。

だが、これはすべての部族にあてはまるわけではないと、ヴァイチャスはよくわかっていた。賢者オグホルが〝寄生者〟と呼ぶ肉食者たちを思い浮かべるだけでいい。この寄生者たちはあらゆる命に対して残忍で、殺戮者といえるほどだ。そのために、ヴァイチャスをふくめた共生者の最悪の敵なのであった。

そして、オグホルが〝孤立者〟と呼ぶ、なんの役にもたたぬ怠け者たちもいる。かれらのこともまた、その無気力さゆえにヴァイチャスは嫌っていた。孤立者も動物とともに生きてはいるが、どちらにとっても得るところがないし、動物の声まねをする能力も、孤立者は共生者をはるかに下まわっている。

ヴァイチャスは自分の状況を熟考した。後継者争いで負ければ、それを受け入れてカイリビの侮辱に耐えながら生きるか、共生者のべつの部族を見つけてそこで新しい生活をはじめるか、どちらかを選ぶしかない。いずれにせよ、容易ならざることだ。

それからしばらく、結論を出せぬまま思い悩んでいた。やがて夕闇がおりてきて、やわらかな布のように自然の上にひろがる。

千本木の村では、オグホルが第二調教師たちやウッダナガーのきょうの作業を終わらせていた。夕食の時間だ。新鮮な果物や、泉の澄んだ水がある。

ヴァイチャスはカイリビがいるであろう丘に目をやった。だが、暮れはじめた夜が影の輪郭を失わせて、なにも見わけられない。

もしかしたら、ライヴァルはすでに、平和だが重大な対決に向けて行動に出たのかもしれない。彼女はようやく奮起して立ちあがり、ゆったりと丘をおりていく。高さ数メートルの藪までくると、それを伝ってすんなり上方の居住木に入ることができた。

ひとつの姿が彼女の前にあらわれた。カイリビである。かれは考えられるかぎりの色の泥を使って全身に模様を描いていた。意味のある模様は見あたらず、本来は不可欠なはずの主調をなす色もない。

からだに塗る色は、声まねを補う重要な要素である。そのために、動物使いはさまざまな場所で見つかる色つきの泥を使う。その色によって動物たちの基本的な気分を呼びさまし、近づくかはなれるか、どちらかに作用させるのだ。特定の色調と模様は遠くにいる各種の動物に語りかけるもの。ほかの動物、たとえば家づくりをさせるウッダナガーのような生物は、模様にはまず反応しない。一般的に、草食動物は赤い色調に驚いて遠ざかるが、肉食動物は攻撃的になり、そうすることで近よらせるのである。

だが、動物使いの能力の真骨頂は、動物の声の模倣にあった。

ヴァイチャスは、カイリビの模様にどのような意味があるのだろうと考えた。似たようなものは見たことがない。この模様と色の組みあわせは筋が通っていないのだ。

間違った手がかりを追わせようとしているのだろうか。

それとも、これがほんとうにワデルダーをおびきよせ、従順にさせる模様なのか？

「われわれ、まだ話すことができるな」カイリビは大きな喉声を出した。「それもじきに変わるだろうが」

「わたしを動揺させたいのね」ヴァイチャスは角ばったトカゲ頭を振りあげ、歯をむきだした。ナイフのように鋭い二列の歯があらわれる。

「そうする理由はない」カイリビは応じた。いくらか尊大な口調で、「きみに勝ち目はないと知っているはず」

「知っているのは、われわれが同じスタートラインに立っていることよ」ヴァイチャスは傲然と応じる。

「もう行くとしよう」挨拶もせずにカイリビは背を向けた。

そのまま筋骨隆々たる脚で足早に立ち去り、藪のどこかに消える。

「二十日後にな！」と、声が聞こえて、やがて足音もやんだ。

女ナガト人はしばらく身じろぎもせずに立っていた。ふたたび自分の心理状態をたしかめる。満足とともに、ライヴァルとのみじかい出会いに力をあたえられたことを確信した。ふたたび勇気がわき、これまでになく自信が深まっていた。

ひゅうと声を発して、自分の前腕とほぼ同じ長さの六本脚生物に合図をした。

「追いなさい」と、動物に指示する。「カイリビを追って！　六つめの衛星がのぼったらここにもどってきて、かれの行った道を教えるのよ」

ちいさな毛皮動物はすばやく動きだした。

ヴァイチャスは長く待つことになった。この夜、衛星はひどく遅い時間になってようやくあらわれたから。実をつけた藪の下でうずくまり、その実を食べながらがまん強く夜空を眺める。

五つめの衛星が地平線からあらわれたとき、それが起きた。

女ナガト人は息をのんだ。そのような光景は生まれてはじめて見たから。

衛星がひとつ、空から落ちてきたのだ！

ナガトの大気を突っきり、炎の軌跡を描いていく。衛星は空気を切り裂き、全体が燃え、崩壊して無数の破片になった。夜空にあらたな炎の模様が描かれる。

「違うわ！」ヴァイチャスは叫ぶ。「あれは衛星ではない！　しるしよ！　あれは、カイリビとの対決をやりぬく勇気を目ざめさせるために、上位の存在から送られたしるしにちがいないわ。その存在に名前をつけることはできない。〝自然〟という名前ではあまりにも不充分だから。かれらは、わたしが勝ってあらたな第一調教師になることを望んでいるのよ」

炎の軌跡はスピードを落とした。大きなカーブを描いてナガトの地表に近づくにつれ、光は弱まっていく。

恐ろしい轟音《ごうおん》がヴァイチャスの耳を痛めつけた。彼女は暴風に足をすくわれ、いまの感情にふさわしい嵐のなかでよろめく。

やがて炎の軌跡は消えた。不気味な轟音の反響が鳴りやむ。居住木では、眠りを破られた動物使いたちが驚いてからだをまるめていることだろう。永遠の木々のざわめきはまだつづいている。木の下のほうにいる動物たちが助けをもとめ、オグホルの部族の動物使いたちがそれをなだめて、ふたたび眠らせているだろう。

だが、あれはヴァイチャスにとって、しるしだった！　合図であり、ヒントであり、助言である！　あきらめなくてもいいということ。

共生者たちの胸にも、理解しがたいものは生きているのだ。つねにあらたな行為へと、すがすがしい勇気へと、さらなる行動力へと、ゆるぎない自信へと駆りたてるものが。

これはカイリビにもあてはまるのだろうか？　静寂がもどると、女ナガト人はそう自問した。

雲の門が開き、はげしい雨が一帯に降りそそぐ。ヴァイチャスは自分のいる場所から、ひろびろとした平原を見やった。長い時間が過ぎていたが、まだカイリビは雨の降っている場所にいるにちがいない。ワデルダーを捕らえるべく描かれたからだの模様は、雨に洗い流されたことだろう。

これで振り出しにもどった。女ナガト人のなかで楽観主義が頭をもたげる。第一調教師をめぐる平和な戦いで、ライヴァルは多少の痛手をこうむったはず。彼女には未知の、あの彩色がなくなったのだから。

だが、夜空のシグナルはそれ以上のことを教えてくれた。わたしはきっと勝つ！

六本脚生物が、指示したとおりにもどってきた。上体をあげて、下の一対の脚でしっかりとからだを支えている。そうしながら、まんなかの一対の脚でうながすようにある方向をさししめし、いちばん上の一対でご褒美をねだった。

ヴァイチャスは、いま出すべき声を発するために頭をあげた。ちいさな動物にご褒美をやらなければ。六本脚は〝野イチゴ吐き〟をたいらげるのが好きなのだ。

動物使いの声はすぐに、藪から二匹の野イチゴ吐きをおびきよせた。六本脚はぴちゃぴちゃと音をたててそれを食べ、まだまんなかの脚二本を同じ方向に振りまわしている。

ヴァイチャスはべつの声を発して、わかったと伝えた。同時にべつの一連の声で、野イチゴ吐きをもっとあげると約束し、行動をうながす。

それから彼女は、ちいさな動物のあとについてジャングルの藪を、ナガトの植物相の錯綜を抜けていった。彼女が立ちどまると、六本脚が毛皮のある頭をあげて四本の脚で同じ方向をさししめす。

「かわいい六本脚ちゃん」ヴァイチャスは歯のあいだから声を出し、しゅっという音をいくつか発する。動物をはげますものだ。

十八の衛星が、湖のある平地を照らしていた。

ヴァイチャスはこの場所を知っている。たくさんの衛星に反射する光は明るく、彼女の道行きを楽にした。カイリビの幅のひろい足跡がはっきり見える。三本指の刻印はただひとつの方向をしめしていた。雨がシュプールをおおかたぬぐい去ってしまったから、足跡はゆがんでいる。だが、ヴァイチャスのような自然と結びついた者であれば、確実に見わけられるというもの。

湖の岸辺に着いたとき、六本脚は大きく口を開けてはあはあいった。六番めの衛星を見てから引きかえし、ここまで往復してきたのだから。だがこの行動は、ご褒美を期待してのことでもある。そこで女ナガト人は、声を発して動物に感謝と賞讃を伝えた。

六本脚生物はよろこびにからだを震わせる。

ヴァイチャスは左手を開いた。三本の指はたくさんのものをつかむことができる。こんどは〝ひと口キャップの実〟。六本脚が野イチゴ吐きと同じほど好きな食べ物だ。

共生とは、すこしずつしめしあう好意と少々の感謝。動物に対しても同じこと。

まさに、動物に対してだからこそ！

自分は動物よりもすぐれている、あるいは、動物と違っているのだろうか？　もしかしたら、そうかもしれない。わたしにはカイリビに勝とうとする強い意志があるから。だがもしかしたら、そうではないかもしれない。勝っても負けても、わたしは変わるだろうから。

ふと、ある考えが浮かんだ。なぜ、第一調教師を決める件では共生者同士が戦うのだろう。なぜ？

なぜ？

なぜ共生者と寄生者は争うのか？　なぜ寄生者は孤立者を徹底的に無視するのか？

すべてにれっきとした意味があるのだろうか？

ヴァイチャスは思考をもう一度だいじなことに集中させた。

カイリビは雨が降る前に湖にきていた。ここでからだの模様を洗い落としている。ワデルダーをおびきよせる模様は目くらましだったということ。彼女をだまそうとしただけだ。

目くらまし！

ヴァイチャスは勝利のよろこびを感じた。カイリビが弱みを見せた！

よし！　負けてはいない。まだチャンスはある。

勝利に酔いながら、ひゅうと口を鳴らした。野イチゴ吐きが顔を出し、それを六本脚ががつがつ食べた。自然には自然の法則がある。六本脚とヴァイチャスはそれにしたがっているのだ。食物の環が、種の保存の環がふたたび閉じる。

「そうよ、カイリビ」ヴァイチャスは大声で熱意をこめて、「オグホルの論理ではわたしが負けることになっているわ。でも、炎の衛星がわたしを助けてくれる」

このとき、オグホルの部族の女動物使いは想像もしていなかった……自分に勝利のよろこびをくれた光の滝が、ヴィールス船《ラサト》の搭載機《アプトゥト》の燃えつきていく残骸だったとは。ヴァイチャスは自分の行為について、また、すべてのナガト人について思いをめぐらしたが、〝法典分子〟と呼ばれるじつに奇妙なものについては、まったく想像すらできなかった。なぜなら、自然と結びついた彼女が〝分子〟という言葉だけでその意味をくみとるのは無理というものだから。彼女はまた、永遠の戦士カルマーについても聞いたことがなかった。彼女にとってその名前は、手なずけがたい動物以下の意味しか持たなかっただろう。

ヴァイチャスはありったけの思慮とエネルギーをもって自分の目的を見定めた。だが、この〝永遠の闘争〟はなにが原因なのかと、自問してもいた。カイリビとの戦い、寄生者との戦い、賢者オグホルでさえも矯正できぬ無知との戦い。カイリビのからだの模様はほんものではなかったのだろうか、と、彼女は考えた。ライヴァル自身がワデルダーをその身のなかにかかえているのではないか、という考えをひねりまわす。闘争！　それはどこからきたのか？　いつしか、知らぬうちに、自問は終わってしまうのだが。

それでも彼女は問いつづける。自分も戦うのだという思いは、ますます鮮明になっていた。

2

第一日

《ラサト》が惑星ナガトの地表に激突してから、数分が経過していた。ヴィールス船は典型的な緊急着陸をして、鬱蒼としたジャングル地帯のどこかにおりている。ロナルド・テケナーにはそれ以上のことはわからなかった。

乗員たちから簡潔に〝ヴィー〟と呼ばれているヴィールス船の知性は、不本意な着陸の最後の数分間、一部が機能しなくなった。ヴィーロトロンを使ってなんらかの対処ができたであろうパンカー・ヴァサレスは、エルファード人ヴォルカイルの宇宙船から分離した球体の攻撃を受けたさいに気を失ったままである。それでもどうやら、すべてのヴィーロ宙航士が生きのびたようだ。

だが、細胞活性装置保持者にとってもっとも重要だったのは、ヴィーがここ数分で急速に回復したことだ。ヴィーは言葉を発すると、墜落地点周辺のホログラム映像をつくりだした。

「さまざまな問題が同時に起こりました」船が報告する。「攻撃により、エンジン系統が破損。正確な損傷個所はまだわかりません。それでも、外からの阻害放射がなければ軟着陸できたはずでした。恒星セポルが強力なハイパー活性期に入ったために、エネルギー嵐を完全には遮断できなかったのです」

「それはわたしも気がついていた」テケナーはおさえた声で応じた。「セランも正常に機能しないのだ。その放射はいまどんなぐあいだ？」

「相《あ》いかわらず存在していますが、惑星の質量があるため、作用は大幅に低下しました。とはいえ、考えられるかぎりのネガティヴな突発的出来ごとを覚悟するべきでしょう。これまでの観測から、セポルの活動期は四十日間つづくとわかっています。比較的長期にわたる滞在にそなえるよう、提案します」

「きみは無神経だな」スマイラーは非難まじりに、「きみは自分で自分の修理ができるのだと思っていた。修理をすませてここをはなれればいいだろう」

「あなたが〝神経〟と呼んだものですが、わたしにはもともと、そのような生物学的形態はありません」と、ヴィー。「とはいえ、すでにおわかりでしょうが、わたしは特定の現象やハイパーエネルギー性の作用には抵抗しきれないのです。しかし、それは副次的なこと。いま確実なのは、破損個所を修理してもエネルプシ・エンジンが機能しないことです。ここではハイパー嵐が猛威をふるっているのですから。さらに、パシシア・

バアル、ファルコ・ヘルゼル、シャバレ人ロンガスクが行方不明だという事実も指摘しておきます。あの攻撃がはじまったとき、かれらはわたしにドッキングしようとしていました。三名のうちのだれかは生きのびたかもしれません。この周辺を捜索するべきです。かれらはセランを着用していました。たとえ一部しか機能せずとも、すくなくともヴィーロ宙航士二名は助かった見こみがあります」

ジェニファー・ティロンはまだいくらか朦朧《もうろう》とし、なすすべもなく夫を見つめていたが、この言葉にはっとして、

「パス！」と、うめいた。「あの生意気でわがままな子！　なんともなければいいのだけど。わたしたち、搭載艇を出してくまなく探さなければ」

「まずは通信で呼びかけてみるべきでしょう」と、ラカ・ア・トレント。「《ラサト》内の通信機器はスムーズに機能しています。外も同じ状況なのでは？」

「まったく意味がありません」ヴィーがただちに応じた。「通常通信であれハイパー通信であれ、すべての受信機が、はげしいぱちぱちという音しか発していないのですから。障害レベルは非常に高く、百キロワットの送信機でも到達距離は十メートル弱。完全なハイパーエネルギーのカオスです。有効なのは、自分たちで捜索することだけ」

ロナルド・テケナーは《ラサト》の全セクターから報告が入るまで待った。重傷者はおらず、負傷者は手当てを受けているとわかってから、指示をだしはじめる。

《プロスペクター》二隻と四座搭載機三機のスタート準備がととのった。テケナー自身は、通常ならパシシアがメンターをつとめる《プロスペクター2》で飛ぶことにした。《プロスペクター1》の指揮はジェニファーが引き受ける。

ほかの搭載機にも乗員が乗りこんだ。だが、かれらのスタートは大型の《プロスペクター》が最初の捜索をおこなってからである。

のこった技術者チームが《ラサト》の損傷を確認する。予想どおりに四十日間ナガトで立ち往生することになったとしても、必要な修理はできるだけ早くはじめるべきだ。

テケナーはそう考えたが、ヴィーは疑問を呈《てい》した。ヴィールス船の技術を理解できる者が、船内にいるというのだろうか？

もと前衛騎兵パンカー・ヴァサレスはすでに意識をとりもどしている。ヴィーロトロンを介して船を動かそうとしたが、失敗に終わり、

「なにもかもが死んでしまったかのようだ」と、あきらめたようにいう。

テケナーは落胆の色を見せなかった。ヴィーの話から予想していたから。

「搭載艇へ」と、決断する。「スタートだ」

だが一分後、第二の災《わざわ》いがつづいた。

搭載艇がその場から動かないのだ。惑星内航行で使うグラヴォ・エンジンが動かないと、ポジトロニクスが簡潔に報告。ヴィーもその説明を用意していた。

「セポルのハイパー活動の影響で、《ラサト》外側の全技術システムが停止しています。また、なんらかのかたちで高次元性エネルギーにより作動する船内システムも、ほぼすべてが機能しません。セランでさえ、《ラサト》船外では百パーセントの信頼はおけない状態です」

その意味を理解するのに、多くの想像力は必要なかった。

「徒歩で調査しよう」テケナーは明瞭な言葉で、あきらめるつもりはないとヴィーロ宙航士たちに告げる。「百名の有志が必要だ。ヴィー、適当な位置に出入口をつくってくれ」

＊

《ラサト》の外に出てはじめて、ロナルド・テケナーはヴィールス船のありさまを知った。

船首がゆうに十メートルも地面に刺さり、船尾は周囲のいちばん高い樹冠よりも上にそびえている。船は墜落のさい、原生林に幅のひろい林道を切り開いていた。衝撃で周囲五十メートルほどの木がすべて折れ、藪や茂みはなぎ倒されている。

「船内でなにも気づかずにすんでいたのは奇蹟ね」ジェニファーが断言する。「つまり、ヴィーの全システムが故障したわけじゃないってこと」

「もちろんそうだ」と、スマイラー。「船内重力はまだ正常だった。この場所で《ラサト》がこんなにかたむいているのに、船内ではまっすぐに立てたのだから」

かれらは船外を一周した。あたり一面にジャングルの残骸があり、かんたんではなかったが。

「あそこに球体のエネルギーが解放されたわけだ」テケナーは《ラサト》船尾の左側面をさししめした。そこの素材が変形して着色し、外被が数カ所で欠けている。暗い穴がヴィーロ宙航士たちのほうに口を開けていた。そう大きくはないが、もちろんよろこぶべきものでもない。

《ラサト》との通信は、この短距離でもつながらなかった。

「あの奇妙な、ざわざわ、ずしんずしんという音はなにかしら?」ジェニファーが立ちどまって顔をあげる。ほかのヴィーロ宙航士たちも身をかたくした。

ロナルド・テケナーは妻の問いに応じなかった。目を細めて《ラサト》の船尾を見あげる。意志の力で船の損傷を修復して、客を歓迎せぬこの惑星をはなれようとでもいうように。

ヴィーロ宙航士たちがさらに船から出てきた。分析結果から判明していたように、ナガトの大気に問題はない。数名が出入口付近の地面をたいらにならしはじめた。道具を持参している。この作業から、かれらが内心、滞在期間は最低限でも四十日だと考えているのがわかる。

「あの奇妙な物音のことよ！」ジェニファーはこんどは夫に直接、声をかけた。「ここはなにかがおかしいわ」

「原生林の音さ」スマイラーはすげなく受け流した。

だが、はっと身をすくめる。ざわざわ、ずしんずしんという音が、一秒が経過するうちにやんだのだ。聞こえるのは、風のかすかなざわめきのみ。

ヴィーロ宙航士たちは凍りついた。

静寂は数秒しかつづかなかった。名状しがたい騒音がとどろきわたる。折れた木々が巨大な山をなしている場所で、ジャングルのあらゆる方向から動物たちが飛びだしてきた。大小の四本脚、六本脚、八本脚の動物が、粉砕された木々や、折れた枝や、落ち葉や土の山の錯綜を突き破ってくる。

さまざまな種類の動物が発する多彩な声の喧騒が、音量を増し、耳をつんざく轟音となる。いかなる意思の疎通も不可能である。

動物たちはあらゆる方向から押しよせてきた。《ラサト》が緊急着陸時の風圧で破壊した原生林の残骸のおかげで、動物たちがわずか数秒でヴィーロ宙航士たちのもとに到達する事態は防がれたが。

先に気づいたヴィーロ宙航士たちはすでにヴィールス船にもどっている。船も即座に反応。かれらを収容すべく、ヴィーロ宙航士たちの側に幅四十メートルの開口部を用意した。

テケナーはジェニファーをつかんでともに出入口へと向かい、走りながら振りかえった。

動物たちはまさに塊りとなって突進してくる。一種類の一個体だけでも、からだの幅は十から二十メートル。じつに驚くべきことだ。

最後のヴィーロ宙航士が命綱である《ラサト》にたどり着く直前、空から攻撃がきた。猛禽《もうきん》の群れがふたつ、べつべつの方角からあらわれて空を暗くしたのである。《ラサト》からまだ遠くはなれた場所にいたヴィーロ宙航士たちは防御バリアを張ろうとした。《ラサト》。セランを着用していたから。だが、だれもバリアを展開できない。かれらは鳥へ武器を向ける。テケナーがなにかどなったが、喧騒にかき消された。

最後の数秒にヴィーが反応し、防御バリアを展開。バリアは最後のヴィーロ宙航士が《ラサト》船内に姿を消すまでもった。そして幅広の出入口が閉じる。

ロナルド・テケナーは船首に近いセクターにある司令室へとただちに急いだ。動物たちがヴィールス船に体当たりし、司令室にいたるまですべてのキャビンを震わせる。

ヴィーがプロジェクションで攻撃の猛烈さをうつしだした。

「こんなことはありえないわ」ジェニファーが驚いて、「油断した隙をついた計画的な攻撃ね。わたしたち、ものすごく運がよかった。考えられるかぎりの種類の動物が入り乱れているけれど、秩序がある。なんていう世界なの！　もしかしたら、こちらの武器も機能しなかったかもしれない」

「機能はしたはずだ」テケナーがいいはる。「だが、見境いなしに射撃する者が出なくて、ほんとうによかった。動物たちをさらに刺激しただけだっただろうから」

耳に聞こえぬ指令を受けたかのように、ナガトの動物相の代表者たち全員がいきなり撤退した。その直後、ヴィーのホロ・プロジェクションが攻撃前と同じ映像をうつしだす。

「これはただごとじゃないな」スマイラーが断言する。「ありえないようなことも、いままでかなり経験してきたが、動物相のさまざまな代表者が力を合わせて攻撃してくるなど、見たことがない。背後に何者かがいるはずだ。ひょっとして、自然に生じた集合体知性だろうか？」

「考えにくいわ」と、ジェニファー。「あの動物たちは知性があるかのように行動しているだけよ。本能的な怒り、というところね」

「あれほど秩序があるのにか？」テケナーはかぶりを振った。「ありえないな。行方不明の友ロンガスクが〝ナガトの動物使い〟について話していたことが、やけに記憶にのこっているんだが」

「わたしもおぼえているわ。あの攻撃はまさにそう思えた……だれかが操っていると。動物たちは調教され、飼いならされているかのようだった。でも知性はない。もし知性があれば、咆哮《ほうこう》も鋭い鳴き声もあげなかったはずよ。警告をあたえるだけだから。まずはじめに、数メートルまで近づけるちいさな代表者をひそかに送って攻撃したんじゃないかしら。あるいは、わたしたちが船にもどるのを阻止すべく、鳥類の代表者が《ラサト》の出入口付近で陣形を組むくらいのことはしたかもしれない。知性体ならそうするはずよ」

「きみのいうとおりだ」テケナーは同意した。「それでは、この攻撃が操られたものだと仮定しよう。指揮をしたのはこの惑星の知性体住民、つまりナガト人だ」

「それを裏づけることがいくつかある」異種族心理学者が同意する。もちろんジェニファーは動物の本能的反応についても多くを知っていて、ほかのだれよりもすぐれたイメージを描くことができた。「これについてはヴィーの意見を聞いてみたいわ。そうすれば、パスとファルコとロンガスクを発見する方策をなにか思いつけるはずよ」

「わたしには、ナガトの動物の行動は判断できません」船は応じて、「それに、行方不明の三名を見つける穏便な方法もわかりません。ここで起きていることを考慮すると、かれらが生存している可能性は非常に低いと思われます」

ジェニファー・ティロンは唇をかんだ。

「おそらく、殺到してくる動物たちから素手で身を守ることはできないでしょう」ヴィーはつづける。「しかし、わたしは、次なる攻撃からひとまず平和裡《り》に身を守れる程度には防御バリアを制御できるようになっています」

「次なる攻撃?」スマイラーは驚いて、「われわれには手出しできないと、ナガト人は納得したものと思っていたが」

「かれらが納得したのは、ひかえめすぎる攻撃手段を選んでしまった、というのがせいぜいのところでしょうね」ジェニファーがいいかえす。

「そのとおりです」ヴィーの声はさらに興奮して、「第二波が近づいています」

指示を待たず、ヴィーはあらたな映像プロジェクションを生じさせた。

密集した体高数メートルの動物が、藪を抜け、足音を響かせながら《ラサト》に向かってくる。暗青色の鋼のごとき皮膚をした六本脚の肉の山が、まっしぐらに接近中なのだ。恐竜と象と豹がまじったような奇妙な動物の背に、カラフルな模様のある大蛇が乗っている。先端が三つに分かれた舌をすばやく出すと、大蛇の口からちいさなしずくが垂れ、落ちた先の地面で、バケツ一杯の塩酸を注《そそ》がれたかのように藪がじゅっと音をたてた。

巨大な六本脚動物には数本の牙があり、踏み鳴らされる前脚と同じリズムで恐ろしげに上下している。一本の牙《きば》の長さは、じつに五メートル。

「防御バリアの用意はいいか？」と、スマイラー。声がいくらかかすれるのを、防ぐことはできなかった。

「性能は落ちますが」ヴィーが応じる。

「武器系統は？」

「武器の使用はひかえるように勧告しますが、それをべつとしても、まだ特定できていない機能障害があらわれる可能性がおおいにあります。なにかポジティヴなことをしたければ、動物の群れが突進するにまかせるのがいいかと。この攻撃の背後にナガト人がいるのなら、それでこちらに敵意はないとわかるでしょう。突進してくる群れに数回、警告射撃をくわえることを提案します。ビームが危害をあたえずに消えるよう、エネルギーは調整できます」

「わたしが思うに」双子のラカ・ア・トレントとユティ・ア・トレントが同時にいう。「こうなったら、動物たちの毛皮を燃やしてやりましょう。過剰な温厚主義はもう充分です。だって、ここで攻撃されているのはどっちなんですか？」

「訊くまでもないけれど、この惑星に着陸して大量の破壊を引き起こしたのは、どっちかしらね？」ジェニファーが問いで応じる。「これは、いま使える手段を投入して身を守るかどうか、という問題ではないの。重要なのは、これらの敵と、その背後にいるらしき者に平和的な態度をとらせることだけ。行方不明者を探しだすには、そうするしかないわ」

火星人ふたりは返事をしなかった。

ヴィーのホロ・プロジェクションがうつしだした《ラサト》外の出来ごとに、ヴィーロ宙航士たちは釘づけになった。

巨大なからだは近づくにつれてますます大きく見える。空もふたたび猛禽類に埋めつくされたが、今回はヴィールス船に見境いなく突進してはこない。鳥たちは、青い肌の六本脚動物が攻撃陣形をとるまで待っている。

「警告射撃を」テケナーがヴィールス船に伝えた。

炎の軌跡が四本、動物たちの上方を疾駆し、つかの間、いくつかの樹冠を燃やした。動物たちは反応しない。

それが突然、頭をさげて突進してくる。大蛇たちが《ラサト》に吐きかけた液体が、数メートルの大きな弧を描いた。

防御バリアがかすかに光った。つまり、ヴィーは船と自分自身をまだ完全には制御できていないということ。

六本脚動物はエネルギーの壁に体当たりをした。巨体が折り重なり、そのあいだで大蛇のカラフルなからだがうねる。

ふたたびヴィーが数回、警告射撃をしたが、やはり効果はなかった。《ラサト》はほんの数分で、突進し、たがいの上によじのぼる動物たちに包囲された。明暗もよくわからなくなる。恒星セポルの光が、押しよせる動物のからだに屈したためだ。

「すっかり包囲されました」ヴィーが告げる。「動けません。わたしは閉所恐怖症なので、できれば……」

ヴィシュナの音声がとぎれた。

「おちつきなさい！」ジェニファー・ティロンが強くいう。「いまだいじなのは耐えることよ。あなたが防御バリアをしっかり維持できれば、あなたにもわたしたちにも、なにも起きないわ」

「やってみます」すっかり納得したようすではなかったが、船はその言葉を守った。

「ときどき」異種族心理学者は夫に、「ヴィーがヴィールス雲だったころから引きずっているコンプレックスを解決してあげなくては、という気分になるわ」

ナガトの動物相による襲撃と包囲は一時間以上つづいた。テケナーは、いったん技術手段で防御しない道を選んだ以上、それを守るべきだと主張。ヴィーは最終的に、恐怖と敵意まじりのあまり論理的ではない調子で同意した。防御バリアも安定する。

やがて突然、動物たちがとことこと歩きだした。あてどなく、なんの秩序もなく。

「かれら、動物使いの束縛から解放されたのよ」ジェニファーが推測する。「これですこしはしずかになるわ。もしかしたら、このサーカスの主催者が姿を見せるかもしれない」

「そうだとしても、われわれのナガト滞在ははじまったばかりだ」と、ロナルド・テケナー。

「そのとおりです」ヴィーが正常な声で、「四十日ですむかどうか、わたしにはわかりません。内部診断によれば、破損したエネルプシ・エンジンを自力で修理するのは不可能です。おもな破損個所の正確な位置さえ特定できないのですから」

3

パシシア・バアルは、とにかく恐かった。なにも失ってはいないのだと自分にいいきかせたが、うまくいかない。彼女のセランは素材の塊りにすぎず、どのシステムも機能しなかった。アンティの少女が助かったのは、全機能喪失が着地の直後だったおかげである。

空気は新鮮で問題なく呼吸できた。だが現状、ポジティヴなことはそれだけだ。

「いまいましい！」パシシアは悪態をついた。

「しましましい」彼女の脚にくっついたままのプルンプがぺらぺらとしゃべった。シャバレ人ロンガスクが飼っているアザミガエルである。動物なのか植物なのか、パシシアにはいまだにわからないこの奇妙な生物には、聞いたことを多少間違えて口まねする習性があった。

「ファルコとロンガスクはどこにいるのかしら？」パシシアはひとり言のようにいった。

「いるかのしか」棘《とげ》のあるグリーンの球体がぺちゃくちゃとしゃべる。

プルンプは急に彼女の脚をはなれて地面に落ちた。丈の低い草のなかを、高い木々のほうへとすこし転がりながら、パシシアにはわからない言語でなにやらつぶやいている。

少女は自分のいる場所をたしかめた。

細長い草地に着地していた。いっぽうには幅のせまい湖があり、反対側では木々が密にならんでいる。湖の向こうにも通りぬけられそうにないジャングルがひろがっているが、そのほかに目を引くものはなかった。

膝より低い草のなかを歩くと、アザミガエルがついてきた。この生物は人なつこい。それはわかっている。飼い主がいなくてさびしいのだ。

水辺に、光沢のある石が二メートルほど積まれて山になっていた。この山を動物がつくったとは思えないから、知生体がここで作業をしたのだろう。パシシアは、ロンガスクがナガト人について語ったことを思いだした。かれは動物使いについて話していた。なにをいわんとしたのかは、わからないけれど。誇張か、つくり話という可能性も充分にある。パシシアがくだした判断によれば、あの宇宙盗賊は一流のぺてん師だ。それなりにもうかりさえすれば、自分の祖母の魂さえも売り飛ばしかねない。

ここは暑かった。パシシアは役にたたなくなったセランを脱いで、足を水にひたす。だが、その無頓着さは表面だけだ。本心では、ロナルド・テケナーやジェニファー・ティロンがあらわれて、搭載艇に収容してくれるように願っていた。なにが起きたのか正確にはわからないが、確実なのは《ラサト》が攻撃されたこと。だが、セポルの作用も予想より早くあらわれたのだろう。

自分は軽率だった。おまけにファルコ・ヘルゼルやロンガスクを巻きこんでしまった。

「あなたのこともね」パシシアはそういって、プルンプをなでようとした。ところがアザミガエルは急に棘を立てると、ひゅうとちいさな音を発する。

警告？

パシシアはふたたびセランを着用する最中に物音を聞いた。なにかが近づいてくる。石の山を掩体《えんたい》にとり、慎重に周囲を確認。プルンプが彼女の足のあいだに這いこんだ。グリーンのアザミガエルの勘違いでなければ、危険が迫っているということ。

連なった藪の向こうから人影がひとつあらわれると、パシシアは爆笑せぬように自制しなければならなかった。それはまちがいなくアンティの男で、そればかりか父のフォロ・バアルにすこし似ていたから。男はゆったりとした歩調で彼女のほうにきた。彼女がいることにまだ気づいていないようすで、その視線は絶えず周囲をうかがっている。だが、だれかが石の山の陰でうずくまっているとは、予想もしていないはずだ。

パシシアは笑いをかみ殺した。それも当然だろう、その男は一糸《いっし》まとわぬ姿なのだから。少女はトランスレーターをチェックした。どうにか機能している。裸の男がシャバレ人と同じくソタルク語を話すのかどうかわからないが、すくなくともインターコスモよりは見こみがありそうだ。

男が二十メートルほどの距離にくるまで待つ。

「こんにちは！」そういいながら、トランスレーターが自分の声をひろえるようにセンサー・キイを押した。「きょうはいいお天気ね。でも、裸で歩きまわるにはすこし涼しすぎるんじゃないかしら。それともわたし、ヌーディストビーチに着地したの？」

羞恥心《しゅうち》はとくに感じなかった。昔のテラナーやアンティやアルコン人は羞恥心の問題をかかえていたと読んだことがあったけれど、パシシアはそんな話を信じていない。

彼女が黙ると、トランスレーターがいまの言葉をソタルク語に訳す。

裸の男は驚いて地面にうずくまった。びくっと首を動かして声のほうを向くと、石の山のなかほどにしゃがんで手を振る少女を見る。

「ああ！」と、みじかく声を出して、踵《きびす》を返すと走りだした。

「パニックを起こさないで、友よ」アンティの少女はうしろからやさしく声をかけた。

「あなたにはなにもしないわ」

裸の男は反応しない。

パシシアは石の山のてっぺんに這いあがった。アザミガエルがふたたび警戒の声を発する。

「どうしたの？」と、彼女はたずねた。

「くるるる」プルンプはうなって石と石のあいだにもぐりこむ。

パシシアはしずかなメロディを耳にした。おだやかでおちつかせるような響きだ。その音に言葉はふくまれていない。大きくなったり、ちいさくなったりするが、敵意はまったくないようだ。

逃げていた裸の男もその奇妙な歌を聞きつけた。足どりがゆっくりになり、ついに立ちどまる。あの音はまちがいなく、かれの口から発せられたものではない。

丈の低い草から、ほかの姿が身を起こす。恐竜めいたその外見は、アンティの少女にとって裸の男以上に衝撃的であった。二本脚で立ち、幅広の口からは、暗示作用があるらしき奇妙な音を発している。

その生物は背丈が二メートルほどで、太股《ふともも》の発達した力強い走行脚がある。洋梨形のからだの下方は、ほっそりした肩よりもずいぶん幅がひろい。上肢は腕以外のなにものでもなく、がっしりした脚にくらべると萎縮した印象である。この生物は、いまやっているように、つねに二足歩行するのだ。メロディを口ずさみながら、麻痺したようすの裸の男に歩みよっていく。

角ばったトカゲの頭がメロディのリズムに合わせて揺れる。腕が空中で奇妙な動きをした。催眠術の一部なのだろう。重たげな涙袋のあるちいさな目が、もはや反応できぬ獲物を貪欲に見ている。

パシシアは《ラサト》船内で武器のとりあつかいを習っていた。とりわけセランの武器を使う訓練を受けている。だが、それを使う気にはなれなかった。それにこの防護服の全機能喪失に近い状態を考えれば、武器システムが作動するかどうかもはなはだ疑問である。

現実ホログラムのつくり手としての能力も役にたたないのだろうか？　しばし考えたが、答えを得るにはやってみるしかない。手本なら足もとにある。あらゆるサイズの石の塊りが。

リアルな岩塊を恐竜の上に生じさせ、その頭蓋にたたきつけた。トカゲ生物は痛みの叫びをあげて地面に倒れこむ。一瞬にして歌はやみ、裸の男は悪魔そのものに追われるかのごとく走り去った。

「いい気味だわ！」パシシアは満足して、「裸の男に催眠術をかけようとするイグアノドンは、みんなこんな目にあうのよ」

「イガイガドン、睡眠術」アザミガエルがぺちゃくちゃいって、石のあいだから這いでてくると、少女についてきた。パシシアは自分がやっつけた相手を近くで見たくなった。恐怖心は消えている。いざとなれば、自分にも理解できない力をあてにできると確信できたから。

「まずはトカゲを観察しましょう」と、パシシア。「あなたのロンガスクを探すのは、それからね」

＊

第二日

「パスにはまだ見こみがあるはずよ」ジェニファー・ティロンは心配のあまり顔にくっきりとしわをよせた。ロナルド・テケナーの氷のような冷静さが気にいらないのだ。

「ロンガスクやファルコも」

「専門家が《ラサト》を調べている」スマイラーは意識して話題を変えた。「ヴォルカイルの球状船から受けた損傷を修理しなければ」

「ヴォルカイル、ヴォルカイル！」妻は怒りをぶちまけた。「かれがなんだっていうの？　わたしと関係ある？　わたしたち、三十時間以上もここにじっとして、とんでもない動物界の攻撃を耐えるばかり。おまけに、パスはいないのよ」

「動物界か」ロナルド・テケナーはそっけなく応じたものの、感情の糸の、最後の一本にまで痛みを感じていた。「それはまちがいなく、ナガトを知るための第一の鍵だ」

「わたしの問いにきちんと答えることもできないの？」

どうにもならぬ見通しのなさや、絶望が生んだ不安が妻をとらえているのだ。テケナーは、数時間のうちにジェニファーの心をなぐさめなければならないと考えた。妻を愛しているから、よろこんでそうしたいところだ。だが、アンティの少女がどうなったのかわからないことも、彼女の不安の一因なのだと思う。

「ヴィーが記録したものを一度ゆっくり見てみよう」テケナーはことさら悠然といった。

「動物相の攻撃のことだ」

「わたしの話はちっとも聞いていないみたいね」ジェニファー・ティロンが応じ、テケナーはうなずいた。妻の心配はよくわかる。だがかれの理性は、パシシアを助ける手立てはないと告げているのだ。

《ラサト》の知性が、テケナーのもとめに応じて動物界の攻撃の記録を再生する。そのホロ・プロジェクションは、《ラサト》の司令室にいるヴィーロ宙航士たちにとってうれしいものではなかった。全員がまだきのうの出来ごとのショックを引きずっている。多くの者はほとんど眠れなかったのだ。

　ロナルド・テケナーはすべてを黙って見ていたが、

「もう一回だ」映像が消えるとそう要求した。「ただし、今回は後方だけを見たい」

「後方ですか？」ヴィーがとまどってたずねる。

「攻撃している動物の背景だ。ジャングルのはし、動物がなだれこんでくる場面の奥に、なにかがある」

「あなたがなにを見たいのかわかりませんが、後方をトリミングして表示してみましょう」ヴィールス知性が応じる。

「拡大してくれるか？」

「拡大します、テク」

　ホログラム映像が再生される。今回、ナガトの動物相の攻撃は見えていない。プロジェクションは〝攻撃前線後方〟の、重要ではなさそうな出来ごとにかぎられていたから。

「とめろ！　静止画像に！」

　ヴィーは細胞活性装置保持者のもとめに応じて、

「これは！」と、思わず声をあげる。

　ロナルド・テケナーが発見したのは黒幕だった。自分自身は攻撃に参加せぬ指揮官ということ。

「イグアノドン。恐竜に似た生物だ」テケナーは、ヴィーがただちに拡大してべつに表示した姿を発光ポインターでしめした。「これでナガトの理解が一歩進んだな。ロンガスクはナガトの動物使いのことを話していた。それが二足歩行する巨大トカゲだとは想像もしなかったが、ある程度は有意義な情報だったようだ。攻撃に直接参加してはいないが、動物の突撃部隊の種類ごとに、数名のトカゲ生物が後方にいる」

「もしかしたら、この奇妙なヒエラルキーの中間層かもしれないわ」ジェニファーが推測を口にする。「この映像から羊の群れを思いだしたの。そのヒエラルキーの構造を知らない者は、ひとめ見たときには犬が羊の支配者だと思うはずよ。ここでもそれが成功しているのだと思うわ。羊飼いが藪のかげで昼寝をしているのなら」

かれらはイグアノドンをじっくりと見た。この生物はおおむね身長二メートルほど。目につくのは、アンバランスなほど太股の発達した非常に力強い走行脚である。それに対して二本の指と一本のおや指がある上肢は萎縮しているかのようだ。細い頸の上には、猛獣の歯列が目だつ角ばったトカゲ頭がのっている。

「ナガトサウルスね」ジェニファー・ティロンが若干の皮肉をこめていった。この発見に集中して、パシシア・バアルをめぐる不安からすこし気をそらすことができている。

「かれらは知性体です」ヴィーが説得力のある口調で告げた。「知性の典型的な発露である衣服は着用していませんが、そのからだは計画的に着色されています。わたしの勘違いでなければ、これはさまざまな色のついた泥によるもの。この恐竜本来の色は、束状の密な頭髪の下の顔面からわかります。黄土色です。ところが、からだはまったく違う色をしています」

「そのとおりだ」テクは驚いて、「意外なことはもういくつかある。このからだの色は原則として、ある種類の動物集団のそばにいる恐竜同士で共通している。そこでは基本的な模様も同じだ」

「身体言語だわ！」異種族心理学者が指を鳴らす。「そうよ！　かれらは動物たちに語りかけるさい、語りかけを効果的に補助する模様と色を自分のからだにつけることで、対象を絞っている。疑いの余地はないわね。あのイグアノドンたちは、動物たちにするのと同じようにわたしたちに働きかけようとしたのよ。でも、あれほど考えぬかれた身体着色を使いこなせる者なら、高い知性の持ち主にちがいないわ。あれがナガト人、ロンガスクが話していた動物使いよ」

この発見が船内にひろまると、若いヴィーロ宙航士二名がロナルド・テケナーのもとにきて報告した。このふたりは、スマイラーが《ラサト》船外に出た直後に、きわめて奇妙な行動に出る一ナガト人と出くわしたという。そのナガト人はしゅっという音を発したが、二名はすっかり間違った解釈をした。この巨大トカゲは遊んでいるだけで、平和的だと思ったのだ。それ以上は気にかけなかったのである。

「どういうことだったのだ？」テケナーが疑問を口にする。「相手がコンタクトしてきたのに、こちらが逃したということか」

「そんなことはないわ」ジェニファーはいまや本領を発揮していた。「明白よ。ナガト人は自然と密接に結びついた生活を送っているようだわ。武器やそのほかの道具は見あたらない。そういうものをまったく知らないのよ。つまり、この二名を動物だと考えたの。すべての行動は、音声と身体言語でかれらを手なずけようとしたものだった」

「わかる者にはわかるのだろうが、わたしにはさっぱりだ」細胞活性装置保持者は白状した。

「このみじかい出会いには、わたしたちが考えるよりもはるかに大きな意味があったのかもしれないわ。動物使いにとっては、ヴィーロ宙航士ふたりも動物だったのよ。でも、いつものやり方は通じなかった。そうね、調教できなかったといったほうがいいかしら。動物使いはほかの知性体を見たことがないんだわ。だからこのふたりを、さらにわたしたち全員を、平和を乱す敵対的存在と分類したのよ。許されない、ありえないものと思ったのでしょう。だから平和の阻害分子を排除すべく迅速に行動して、動物たちをけしかけてきたというわけ」

「飛躍しすぎではないのか」ロナルド・テケナーは疑問を呈した。「きみはごくささいなことから壮大な推論を展開させている」

「ごく少数の心理学者だけがそなえる才能よ」ジェニファーがいいきった。「間違いの可能性があることは認めるけれど、わたしの見方を口にしたの。そこから必要な結論を出すのはあなたにまかせるわ」

「われわれ、このイグアノドンと意思疎通をすべきだな」と、テケナー。「動物相の犠牲にならずにパスやファルコやロンガスクを探すには、そうするしかないだろう。外に出なければ」

「どうすれば意思疎通ができるのか、考えてみるわ」ジェニファーが申しでる。「ここには独特な尺度がある。あなたはそのあいだに《ラサト》の故障個所の確認と修理をしておいて」

＊

パシシアの見たところ、トカゲの頭にはこぶがひとつあるだけだ。だが、動物は気を失っている。彼女は自分の能力を使えるのだから恐くはない。けれど、プルンプは安全な距離をおいたまま、わからないことをずっとつぶやいている。

トカゲが身動きしはじめたとき、パシシアも数歩あとずさった。心のなかで準備をする。もうひとつ石を現実ホログラムとして生じさせるか、ガラスの壁を築くか、するために。

動物は、まだぼんやりしながら身を起こした。とまどって周囲を見る。パシシアを目にすると、痛みに苦しむような声を発した。少女にはそれ以上かまわず、地面のなにかを探しはじめる。

パシシアは驚いた。自分に当たった石を探しているのだ！　それが意味するのは、無意識に考えていたほどこの動物はおろかではないということ。ほぼ絶え間なく発している声にもなにか意味があるように思えて、興味をおぼえた。慎重にトランスレーターを起動する。もしかしたら、装置はトカゲが発するしわがれた喉声の意味を理解して、この〝言語〟を分析できるかもしれない。

トカゲはさらに混乱したようすを見せた。悲しげにさえ見える。敵意があるとは思えない。手を何度もアンティの少女のほうに振ったが、その場からは動かなかった。

「とにかく話して」意味はないと思いながらも、パシシアはたのんだ。「ずっと思っていたの、恐竜と話してみたいって」

「キュウリと話して」アザミガエルが低くいった。大きさの違う生物二名のもとにゆっくりと近づきながら。

トカゲのちいさなよく動く目が、にわかにアンティの少女の足のあいだにいる球状生物をとらえた。すぐにその声音《こわね》が変わる。パシシアがロンガスクとはじめて出会ったときにプルンプが発していた、べちゃべちゃいう音だ。アザミガエルは多彩な声を出すが、トカゲがまねしているこのべちゃべちゃという音が本来の発声なのだろう。

大きな動物は次の行動にうつった。両手で地面からやわらかな泥をかきとると、それで胸に三角形の模様を描く。

プルンプは猫のようにごろごろやりはじめた。ゆっくりとトカゲに近づいていく。はじめに見せた恐怖心はあとかたもない。パシシアはすべてを驚きとともに観察しながら、この恐竜生物が裸のヒューマノイドを奇妙な歌声で呪縛したことを思いだした。似たことがいまプルンプにも起きている。

アザミガエルがトカゲのもとにたどり着くと、トカゲは身をかがめてちいさな生物を手にとった。プルンプはそうされるのを気にいっているようすだ。

「かわいい子ね」いきなりトランスレーターから聞こえる。この装置はほんとうに、論理的な言葉を分析できたのだ。

パシシアは驚いてかぶりを振った。恐竜に似たこの生物は知性体のようだ。でもそれなら、あの裸の男はなんなのだろう？

彼女はトランスレーターを双方向対話に切り替えて、

「こんにちは、トカゲさん」と、ざっくばらんにはじめる。「わたしはパスよ。わたしのいうことをわかってもらえるといいのだけど。そのちいさな子はプルンプっていうの」

角ばった頭が跳ねあがった。アザミガエルをなだめていた、舌を鳴らすような音がやむ。プルンプは恍惚《こうこつ》状態からさめたようだ。鋭い悲鳴をあげると、大ジャンプをしてトカゲの手をはなれ、丈の低い草のどこかに消える。

「わたしの言語を話している！」こんどは相手のほうが驚く番だった。「どうしてそんなことができるの？」

「このちいさな装置を使って」アンティの少女は答えると、トランスレーターをかかげた。「あなた、名前はなんというの？　名前はある？」

「装置ってなに?」と、問いが返ってくる。「第一調教師、それとも第二調教師のこと?　なにをいっているのかわからないわ」

「よかった、あなたと話ができて」と、パシシアは応じる。「でも、すべてを一度に理解できるとは思わないほうがいいわ。わたしがやってきた世界は、あなたの世界とはずいぶん違っているから」

「世界はひとつしかない。ナガトよ」トカゲは傲慢さのかけらもなくいいはった。

パシシアは、その根本的な間違いについて説明しようとした。奇妙な話し相手は徐々にいくつかのことを理解しはじめる。

「わたしの名前はヴァイチャス」ようやく女ナガト人は自己紹介をした。「あなたからたくさんのことを学べそうだわ、パス。いままで、ほかの知性体が存在するなんて知らなかった。われわれの部族長オグホルでさえ、そんな話をしたことはなかったから」

「かれも知らないのかもしれないわ。わたしたち、友にならない?」

アンティの少女は堂々たる体格のトカゲに歩みよると、ちいさな手を高くさしだした。

「われわれは友よ」ざらざらした二本の指とごつごつしたおや指が少女の手をつつむ。

「あなたのせいでワデルダーを逃がしてしまったけれど」

「ワデルダー?　あなたがいっているのは、あの裸の二足歩行者のことじゃないわよね?」

「そのことよ」と、ヴァイチャス。「ナガトじゅうでもほんとうにめずらしい動物で、あれを捕まえなければ、わたしはオグホルの部族の第一調教師になれないの」

「いま、あれは動物だっていった？」

「もちろんワデルダーは動物よ」ナガト人はいいはった。「ひと目でわかることだわ」

「ま、そうね。わかりあえるようになる前に、山ほど話さなきゃならないことがありそうな気がする」

二名は水辺の石の山にうずくまった。まずはじめに、驚くパシシアにヴァイチャスが話を聞かせた。ナガトについて、オグホルの部族について、ほかのナガト人について、動物たちについて、自身のこれまでについて……

4

ロナルド・テケナーとジェニファー・ティロンが《ラサト》司令室から警報を受けとったのは、数時間の睡眠をとろうとしたときだった。細胞活性装置保持者が必要とする睡眠時間は、ほかのテラナーにくらべると非常にすくないのだが、このふたりであっても二十四時間休みなく活動しつづけるのは好ましいことではない。

「わたしがひとりで行ってくるよ」スマイラーはありがたくないようすでいった。

「いっしょに行くわ」ジェニファーがいいかえす。

司令室の要員たちはひどく興奮している。テケナーとジェニファーは、なにごとなのか理解するまでしばらく時間がかかった。

ヴィーは上面の一部を透明にしていた。夜空が見え、四つの衛星がぼんやりと光っている。

「ほら、まただ！」もと前衛騎兵パンカー・ヴァサレスが宇宙空間をさししめす。

ゆっくりと揺れるカーテンがはるかな高みに生じていた。光る色彩の帯が不規則にならび、幾何学模様めいたものをつくって変化していく。

「オーロラか」スマイラーはがっかりし、非難をこめて、「それならわたしをベッドからたたきだすまでもなかろう。セポルが活動期であることを考えれば、こんな現象はまったく正常ではないか」

「それが、反対なのです」ヴィーが告げる。「恒星セポルの最小期に生じるのは純粋なハイパー物理学的効果だけで、テラのオーロラあるいは極光のような現象は絶対に起こりえません。この現象にはべつの原因があるはず」

テケナーは黙った。

あの模様は、十ないし二十キロメートルほどの高度であらわれているようだ。正確にはわからない。《ラサト》の全探知システムも麻痺しているのだから。とにかく、これは現実ではなくシミュレーション映像にすぎないとヴィーは主張したが、正確な理由は説明できなかった。

「この装飾模様はわたしに奇妙な影響をあたえているわ」ジェニファー・ティロンはとまどいながらかぶりを振った。「なにかを探したいという願望をわたしのなかに呼びさますの。この映像はつねに未完成で、なにかが欠けている。それでも論理的なのよ」

「わたしも同じような結論にいたりました」驚いたことに、ヴィーが同意した。「明らかに、不特定多数に向けられたものではありません。さらに、この情報はわれわれに向けたものではないとも考えられます」

「きみたちは意味のないことばかり話している」テケナーが低くいう。「わたしはなにも感じないぞ」

「安心させようとしているわ」色彩の遊戯から目をはなせぬまま、ジェニファーがつぶやいた。「なだめようとしている。なにかを探している。友好的で、不完全で、手をさしのべ、行動をうながし……」

「なんの話をしているんだ？」テケナーは妻に強くいったが、彼女は反応しない。「わたしは、光のショーをするサーカス小屋にいるのか？」

「ジェニファーは自分の印象を口にしているのです」ヴィーが説明する。「彼女はこの色彩模様に敏感に反応しています。あれは知性体に由来する模様にちがいありません」

突如、すべての色彩が消えた。

「やっとか」テケナーが文句をつける。「もう休ませてもらってもいいか？」

「あなたは行っていいわよ」と、妻がいう。「わたしはここにのこる。あれですべてではないわ。この光のショーのことは断片的にしか理解できないけれど、背後になにか重要なことがあるという気がするの」

テケナーは返事をしない。それでも、その場にとどまった。

夜空がふたたび明るくなる。考えられるかぎりの色彩が一点を中心に回転して、徐々にはっきりした輪郭をとりはじめた。四本脚の姿がひとつ、その横に二足歩行者。そのイメージ全体が水玉で縁どられ、調和したモザイクとなる。

「宇宙のあらゆる悪魔にかけて」テケナーが毒づいた。「これにどんな意味がある？こんなものは……」

そこで言葉がとぎれ、口が驚きで開いたままになった。

ナガトの夜空に、ヴィーロ宙航士ファルコ・ヘルゼルとシャバレ人ロンガスクの巨大な映像がならんで輝いたのだ！

「パスよ」ジェニファーが歓声をあげた。「そうじゃないかと思っていたわ。このホログラムをうつしだしたのは彼女よ。色彩模様でナガトの動物相に話しかけていたのね。この二名にはなにもしないでほしい、でも二名を探してほしい、と！　そういうことよ、みんな。わたしたちのちいさなパス。あの能力はハイパー嵐でも損なわれはしなかったんだわ」

「そんなことは信じられんな」テケナーは軽くあしらった。「どんな色や模様がナガトの動物世界に通じるのか、パスがだれから聞いたというんだ？」

「だれからでしょうね、理屈屋さん。もちろん動物使いからよ。わたしのパスは、わたしたちみたいなおばかさんじゃないの。わたしたちは《ラサト》のなかでじっとしたまま、外には行かなかった。でもパスは、自分ひとりでわたしたち全員以上のことができると証明したの。そしてファルコとロンガスクを探しているのよ。わかった？」

「なぜ、われわれを探さないのでしょう？」パンカー・ヴァサレスがたずねる。

「わたしたちは安全だからよ」ジェニファーが応じる。「ファルコとロンガスクは、おそらくそうじゃない」

「きみの勝ちだな」ロナルド・テケナーはほほえむと、おや指で空をさししめした。夜空の模様が消えている。いま、あざやかなグリーンの文字が光っていた。

〝パスよりテクへ……すべて順調〟

＊

パシシア・バアルがヴァイチャスから聞いた話は、じつに驚くべきものだった。

ナガト人はまちがいなくこの惑星で唯一の知的生命形態である。かれらのきわだっている点は、〝動物と話す〟能力だ。この能力を使うことで、トカゲに似た知性体は動物界とコミュニケーションをとることができる。とはいえ、この会話は一方通行に近い。ナガト人は動物に語りかけ、かれらを支配するのだから。

そのさいに使うおもな道具は、動物の声まねである。これは綿密に練りあげられた、動物に意志を押しつけるための手段で、それがナガト人の文明全体を成立させている。日々の暮らしに使う道具、武器、日用品、ごくかんたんな品物にいたるまで、ナガト人はなにも知らなかった。そのようなものは必要ないから。すべては動物たちがやってくれるのである。

住居づくりをするウッダナガーから、移動手段となる巨大なエルテルまで。小動物や昆虫までもナガト人はあますことなく利用していた。

このイグアノドンたちは、部族と呼ばれるグループ単位で暮らしている。グループ内の総数が千名をこえることはめったにない。惑星の南北両半球にある二大ジャングル地帯が充分な生活空間を提供し、自然界は食糧や建築材料として必要なものすべてをもたらしてくれる。

ヴァイチャスの話によれば、赤道付近の砂漠地帯にもナガト人は住んでいるという。当然ながら、その地域にいる部族との接触はほとんどない。長距離移動は危険なしとはいかないから。動物界を支配しているとはいえ、ナガト人にも敵はいた。

かれら自身である。

ここの知性体には、大きく異なる三つの文化形態があった。各部族は実質的に三派に分かれている。

ヴァイチャスはオグホルの部族のナガト人を〝共生者〟と呼んだ。かれらは動物たちと友好的な社会をつくり、おたがいがおたがいのためになる生活を送っている。共生者は植物だけを食べ、あらゆる生命体と平和な心情で接し、自分たちのことを、生存を可能にしてくれる自然の一部だと感じていた。だが、考え方や価値観がかかる場面になれば、共生者も戦うことがある。その戦いも調教した動物を使っておこなわれるのは、おのずとわかろうというもの。

オグホルの部族には特殊なヒエラルキーがあった。その上位にいるのは動物の声まねをほぼ完璧に習得した男女のナガト人たちであり、このエリート集団が第一調教師一名のもと、部族をひきいている。第一調教師のもっとも重要なつとめは、後継者を教え導くことである。すべてのナガト人にとって、動物の声まねを習得し、からだの色や模様をマスターし、各種の動物の使途を知ることは、食べたり飲んだり眠ったりするのと同じほど、生きるうえで不可欠なことだから。

かれらの生活はほぼそれだけを中心にまわっている。これは超常的な力でもなんでもなく、訓練の問題にすぎない。

ヴァイチャスは次に、ぞっとしたようすで〝寄生者〟について語った。このナガト人たちは荒くれ者で、まさに暴徒であり、戦士である。ほかの部族を襲い、家や土地や動物を奪う。寄生者の部族の若いナガト人がほかの文化圏の女をさらうのもめずらしいことではない。寄生者の遺伝子が子供たちに入ってきたこともすでに判明している。この展開について、共生者たちはおおいに憂慮していた。

居住地の防御について、部族長と第一調教師は同等の責任を負う。このために、第一調教師の任命には特別な定めがあった。希少動物のワデルダーを一体見つけてしたがわせる、というものである。

この行為に実用的な意味はない。ワデルダーはものおぼえの悪い非常に原始的な生命体で、なんの役にもたたないわずかな動物種のひとつだから。

寄生者にはほかにも、共生者と違う点があった。かれらは手なずけた動物を容赦なく酷使するだけではない。寄生者は戦士で、弓矢のような武器にくわえて日常生活で使う道具まで所有しており、おまけに肉を食べるのだ。

ヴァイチャスはこれらを否定的に語った。それから、恐ろしげに口にした。寄生者は火を知っていて、肉を料理したり、掠奪の武器として使いさえするのだと。

第三のナガト人グループは、鈍重な者たちである。ヴァイチャスはかれらを〝孤立者〟と呼んだ。孤立者たちは完全に中立して暮らし、追われるにまかせている。ほかのふたつの文化圏の者と同等の基本的知性を有しているのに、生きる目的を持たない。その無関心さは徹底していて、攻撃されたときでさえ、ほとんど、あるいはまったく身を守らないのである。だれか危機にあるナガト人や、まして動物界の代表者の味方をするなど、孤立者には思いもつかないのであった。

ヴァイチャスは、この者たちは遅かれ早かれ死に絶えると確信していた。その鈍重さは繁殖欲にまでおよんでいるから。孤立者にポジティヴな影響をあたえようという共生者たちの努力はすべて失敗に終わった。鈍重な者を無気力状態から脱出させることに執念を燃やした大部族もあったというが、それも決定的な成功にはいたっていない。

寄生者にとり、孤立者はまったくどうでもいい存在だった。なんの役にもたたないから。鈍重な者たちを軽蔑し、手をあげることとさえひかえているという。

「奇妙な世界ね」ヴァイチャスが黙ると、アンティの少女は驚いて、「ひとつの種族がそんなに違う三つの方向に進化するなんて。どうしてそんなことが起きるのかしら?」

「わからない」女ナガト人は認めた。「昔は違っていたという伝説があると、オグホルが話したことがあったけれど」

「三つの進化の方向」パシシアは考えこんだ。「それについては残念ながらさっぱりわからないけど、わたしの友が……ペリー・ローダンというのだけど……最近、三つの道について話していたわ。そのうちのふたつは極端なもので、三番めの道が正しいのかもしれないって。それじゃ、わたしがどんなふうにナガトにきたのか、話をさせてね。そのあと、あなたがワデルダーを捕まえるのを助けるわ。あなたは行方不明になったわたしの友を見つけるのを手伝って」

ヴァイチャスは角ばったトカゲ頭でうなずいた。

*

夕暮れが訪れる前に、屋外の自然のなかでどう生活しているのか、女動物使いはアンティの少女の前で実演した。

「まずはじめに、エルテルが二頭、必要ね」ヴァイチャスは説明した。「かれらが安全な家のある場所までわれわれを運んでくれる。寄生者があらわれて困ったことになるかもしれないから」

「わたしは恐くないわ」パシシアは強い調子で、「くるならくればいい。知ってるでしょう、わたしはいつだって驚かせるのが上手なんだから」

「もちろんよ」女ナガト人はがっしりした頭を動かした。「あなたは石をつくってわたしの頭にぶつけた。でも、寄生者ともめごとを起こそうとは思わないの。できれば避けて通りたい。そのほうが理性的よ」

ヴァイチャスは黒っぽい泥をからだに塗ると、奇妙な響きの呼び声を発しはじめた。ほどなく、数頭の巨大恐竜が近くの森からあらわれた。女動物使いとは違って、四本脚で歩いている。

「これがエルテル」ヴァイチャスが説明する。「オグホルがいうには、知性を持たないわれわれの祖先だそうよ。ここで待っていてね」

絶えず呼び声を発しながら、ヴァイチャスは巨大な動物の群れに近づいた。恐竜たちは彼女を見るか見ないかのうちに動きをとめる。ヴァイチャスは声を変えると、その

〝言葉〟をしぐさでおぎなった。

二頭のエルテルをのこして、ほかの巨大恐竜は去っていった。のそのそと森に帰る仲間に背を向けて、二頭はヴァイチャスのあとについてパシシアのほうにやってくる。

「この子たちはカラとカリというの」と、女ナガト人。「あなたはカリに乗って」

「ほんとうにすごいわ」パシシアが応じた。「3Dのどんなアニマルショーよりもかっこいい」

「なんですって?」ヴァイチャスがたずねる。

「なんでもないのよ、わたしの大きな友」パシシアは手を振った。「それじゃ、これに乗っていくのね?」

「そうよ」女動物使いが一度しゅっという音を発すると、エルテルが地面にうずくまった。「この子たちは、ほめてからはなすまでのあいだは、わたしのいうことを聞くから。あなたはなにも心配しなくていいわ」

二名は動物の背中によじのぼった。ヴァイチャスがアンティの少女に、動物の頸に生えた棘のつかみ方をしめす。女ナガト人が合図をすると、カラとカリは動きだした。エルテルは目をみはるようなスピードを出す。パシシアはしっかりとつかまるために全力を出さなければならなかった。

エルテルは背中の乗り手を傷つけかねない枝を、大きな頭ではらっていく。女動物使いは何度もパシシアに手を振ったが、パシシアはしがみつく手をはなせなくて振りかえすことができなかった。

その旅は一本の巨大な木が生えた空き地で終わった。女ナガト人は恐竜に指示をして頭を高くあげさせ、たくみに木の下のほうの枝に乗りうつる。

だが、パシシアがついてこられないのに気がついて、ヴァイチャスはカラに合図をした。アンティの少女は恐竜に嚙みつかれたと思い、驚きのあまりみじかい悲鳴をあげる。巨大な歯列が彼女の背中を慎重にはさんだのだ。パシシアは持ちあげられて、ヴァイチャスの横にそっとおろされた。

「こんどはわたしのほうがすてきな驚きを味わわせてもらったけれど」少女はまだあえいでいる。「せめて、なにが起きるのか教えてくれてもよかったんじゃないかしら」

「ごめんなさいね、パス」女動物使いは申しわけなさそうに、「でも、こんなことはわたしにとってあたりまえなの。あなたにはこの合図がわかるはずだと、勝手に考えてしまった」

「もういいわ。これからどうするの？」

ヴァイチャスは上をさししめした。

「もっと上にうろが掘られていて、そこに藁《わら》が敷かれたたいらな場所があるの。そこで何度も夜を明かしたものよ。あなた、木登りはできる？」

「できると思うけど、先に行ってもらえるかしら」

二名は密な枝のあいだを抜けて十メートルほど上に向かい、たいらな場所に着いた。そこから周囲がよく見える。ヴァイチャスは藁を分けて、大きな寝床とちいさな寝床をつくった。

「おなかはすいている？」女ナガト人がたずねる。

「凝縮口糧はまだいくつかあるから、それで充分。でも水がすこしあったらうれしいわ」

「わたしはおなかがすいたわ。喉もかわいている。身を守る策もとっておかなければ」

ヴァイチャスはさまざまな声音をつづけざまに出した。あるものはメロディのように聞こえ、またあるものは調和のないうなり声のようだった。それから何度か手を打ち鳴らす。

「暗いと、からだの色がきかないから、声を正確に使わなければ伝わらないのよ」驚く少女に女ナガト人は説明した。「でも、うまくやれるわ。わたしは第一調教師の一番弟子。ワデルダーを捕まえれば後継者になれるはずだったの」

「まだ時間はあるわ」パシシアはなぐさめた。「ワデルダーを捕まえられるわよ。捕まえたら、どうするの？」

「ほんとうに捕まえることさえできたらね」女動物使いはため息をついた。「正直にいって、できるとは思えないのだけど」

「わたしに動物の声まねはできないけど、ワデルダーを一体、ここに連れてくることはできる」アンティの少女はいいはった。

「待って」と、ヴァイチャス。「〃木粘り虫〃がきた」

木のうろのたいらな場所のはしに、おや指の長さの昆虫が何千とあらわれて、べたべたするシュプールをのこしていく。

「このあたりではいちばんの見張り役よ」女ナガト人はいうと、りんりんと声を出してちいさな虫に語りかけた。

虫は向きを変え、枝や木の幹を伝いおりていった。数分で姿を消す。

「あの虫は幹のまわりや下の枝で輪をつくるの」ヴァイチャスが説明する。「その分泌物はほとんどすべての生物にとって猛毒だから、だれもこの寝床には登ってこられない。こんどはシュワドラーの番ね。ばさばさという音が聞こえるわ」

ヴァイチャスは笛のような音をつづけて発しながら、目をまわす。パシシアは思わずにっこりした。三羽の鳥が枝のあいだをおりてきて、ヴァイチャスの前にならぶ。女動物使いは鳥たちと〃話し〃、シュワドラーは高みに舞いあがって見えなくなった。

一羽めは、あっという間にもどってきた。目をみはる大きさの蕚《がく》を二個、くちばしにくわえてきて、女ナガト人の前に落とす。ヴァイチャスはそれをひろうと、ひとつをパシシアにわたしてから、鳥をなでてやさしく別れを告げた。

「これがコップなのね？」少女はたずねた。同行者とその暮らし方に、だんだん慣れてきたようだ。

「そのとおりよ」女動物使いはうなずいた。「あと二羽のシュワドラーは、もうしばらくかかるでしょうね。水と果物を持ってくるはず。だから、あなたがワデルダーをここに連れてこられると証明する時間はあるわ」

すでにずいぶん暗くなっていたが、夜空にかかる七つの衛星は充分な光を落としている。

「あそこにいるわ！」アンティの少女は下の空き地をさししめした。「ワデルダーをどれだけ捕まえたいの？　一、二体、それとも十体？」

「一体で充分よ。オグホルのもとに連れていったら、はなすから」

「そのときにはいっしょにいてもいい？」

「もちろんよ。われわれは平和な部族だから。あなたは友だとオグホルに説明するわ」

「それならなにも問題はないわ、ヴァイチャス」

下の空き地でワデルダーが一体、ゆっくりと動いている。それが急に上を向いた。

女動物使いは手ばなしでよろこんだ。

「すぐ下に行って手なずけなくては」

パシシアは彼女を引きとめた。

「そうする時間なら、あしたかあさってまであるわ。あのワデルダーがいつでも出てくるようにしてあげる。声まねをしなくても、わたしにはできるの」

女ナガト人は寝床に腰をおろした。

「信じるわ、パス。あなたは力ある者なのね。あなたのいうように、あしたまで待ちましょう」

ワデルダーは暗闇のなか、丈の高い草のどこかに消えていった。二羽のシュワドラーがもどり、果物と水をとどける。ペリカンに似た鳥は、くちばしに入れてきた水を一滴もこぼすことなく、二個のかたい萼にすっかり注いだ。

ヴァイチャスとパシシアは食べて飲むあいだ、ワデルダーのことを考えていた。女動物使いの頭にあったのは、願いがかなうまでもうすこしだ、というもの。そしてパシシアが考えていたのは、裸の父のホログラムをうつしだすのはものすごく楽しかった、というものであった。

フォロ・バアルがあれを見たら、怒りのあまり、大好きな3Dキューブをたたき壊してしまうだろう！

「教えてもらえるかしら」食事がすむと、パシシアはたずねた。「なにかを探してほしいとき、あなたの動物たちはどんな色に反応するの？」

「なにを探してほしいの？」

「わたしの友のファルコとロンガスクよ」

「ロンガスク？」アザミガエルのプルンプがあらわれた。少女のコンビネーションのなかで居眠りをしていたが、飼い主の名前を聞いて目をさましたのだ。女ナガト人への気おくれは克服したらしい。

ヴァイチャスは色の説明をはじめた。パシシアは話を聞きながら、それをホログラムの色模様におきかえていく。女動物使いはあっけにとられた。

やがて肝心なことは理解できたと確信すると、パシシアはその映像を夜空高くに描きだした。

ナガトの動物界がファルコ・ヘルゼルとシャバレ人ロンガスクを探しはじめる。ヴァイチャスの考えでは明朝までかかりそうだという。それからやっと、二名は休むことができた。

木の下では、虫たちが見張っている。

5

ファルコ・ヘルゼルは、パラシュートの助けを借りてひどく風変わりな着地をしたのち……そのパラシュートはかれが地面に触れたとたん、虚無に消えた……やせたステップ地帯のはしにいた。そばの森に入る気にはなれなかった。セランは文字どおり息絶えていたし、ジャングルからはあまり魅力的ではない動物の咆哮が聞こえるからだ。

ほかの者たちは自分のことを探しているはずだと、ヴィーロ宙航士は考えた。そこで、用もないのに着地地点をはなれるのはやめることにした。

昼間は石を集めて原っぱに大きな十字形をつくってすごした。この規則的なかたちは、はるか上空からでも目にとまるはず。《ラサト》の搭載艇も自分のセランと同じ障害作用を受けているとは思ったが、だれかの目を引く方法をほかには考えつかなかったのだ。

通信による呼びかけには相いかわらず応答がない。受信機からはホワイトノイズが聞こえるばかり。

夜はつくった十字形の交点ですごした。なかなか眠れず、夜半もずいぶん過ぎてから疲労に圧倒される。

空が白みはじめると、なにかが横から乱暴につついてきた。寝ぼけながら身を起こ、……ファルコは前につんのめりそうになった。

目の前で二頭の巨大な熊がうずくまっている。遊ぶかのように、大きな前足でかれを手探りしていた。ファルコは長考せず、コンビ銃を抜いてボタンを押す。だが、銃もまた機能しない。

ヴィーロ宙航士はいきおいよく石の上をこえて向こう側に行った。まずは野獣とのあいだに障害物をおこうとしたのだ。

だが、べつの熊の手にまっすぐ飛びこんでしまう。そこにいるとはまったく気づかなかった。蹴っても殴ってもなんの役にもたたない。動物にがっしりつかまれてどうすることもできず、ファルコはひそかに人生に別れを告げた。

あとは、ロナルド・テケナーやほかのヴィーロ宙航士たちがただちにあらわれて、助けてくれるように祈るしかない。願いをこめて空に目をやる。だが、見えたのは、空で輪を描いて待ちかまえる巨鳥の群れだけであった。

熊たちはうなり声を発した。ファルコは獲物をめぐって喧嘩をはじめるのだと思った。だがそうではなく、仲よくとことこと歩きはじめ、かすり傷ひとつ負わせずにかれを引きずり、森に向かった。

「アマデウスにかけて」テラナーは悪態をついた。「はなせ！」

巨大な褐色の四本脚動物はその言葉に反応しない。

ジャングルのはしで、体長がすくなくとも二十メートルある恐竜一体が熊の群れを待っていた。ファルコは解放されたが、動物たちが陣形を組んだため、逃げるなど考えられない。このすべてが、動物の本能にしては合理的すぎ、筋が通りすぎているように、ヴィーロ宙航士には思われた。

「わたしのいうことがわかるか？」と、たずねる。急に希望がわいてきたのだ。この拉《ら》致《ち》者に敵意はないのかもしれない。

期待をこめてトランスレーターをオンにする。装置が機能することはわかったが、動物の声には手も足も出ないようだ。

「こうやって突っ立って、ばかみたいに見てるだけなのか」テラナーはやけっぱちなユーモアをこめていった。

動物たちはなにかを待っている、そんな気がしてきた。それが裏づけられたのは、体長ゆうに十メートルの蛇が一匹あらわれたときだ。熊たちと巨大恐竜は、異種の動物があらわれても反応しない。

蛇の背には、ほぼ絶え間なく色を変える奇妙なジグザグ模様がある。蛇はゆっくりとファルコのほうに這いよってきた。

「恐竜に、蛇に、熊か」ファルコはわきによけようとしたが、すぐに褐色の動物たちの輪がせばまった。「これでどうやって身を守れっていうんだ？」

大蛇が跳ねた。からだの後部を恐竜の頸にからませ、前部を使ってファルコをぐるぐる巻きにする。

ヴィーロ宙航士は高く持ちあげられ、恐竜の背中に着地。蛇はファルコを中心にしてとぐろを巻き、かれの首だけを外に出す。

熊は陣形を解き、ばらばらの方向に去っていく。ファルコがそれを見ているうちに、恐竜が動きだした。太古の動物はどすどすと脚を鳴らしてスピードをあげ、ジャングルに突入。行く手をさえぎる木々を強力な頭蓋でなぎはらう。蛇は恐竜の背中にファルコをしっかりと固定している。

ギャロップは一時間つづき、恐竜がとまった。息があがっている。

蛇はファルコを連れて地面に這いおりた。

「だんだんおまえたちに慣れてきたぞ」ヴィーロ宙航士は冗談を飛ばそうとした。「巨大足踏み野郎は休憩しなきゃならないってわけだな？　この旅の目的地を教えてもらうわけにはいかないのか？」

動物たちはこの言葉に反応しなかった。蛇が動いたおかげで、ファルコには動けるスペースが一平方メートルほどできた。だが身動きをすると、逃げようとする気配が伝わり、爬虫類は弧を描いてかれのからだを高く持ちあげる。そこですぐに、逃走の考えは忘れた。しょせん無意味だから。

巨獣は地面に横たわると、みずみずしい葉っぱを数枚、むしゃむしゃ食べはじめた。ファルコはそれを見てほっとした。肉食ではないようだ。蛇もそうなのだろう。

半時間ほどして巨大トカゲは立ちあがり、頭をあげた。ファルコはその視線を追う。藪のあいだからもう一体のトカゲがあらわれた。こちらはヴィーロ宙航士よりすこし大きいだけで、うしろ脚で二足歩行をしている。からだには、けばけばしい着色がほどこされていた。

そのトカゲの口が奇妙な声を発した。蛇と巨大恐竜は地面にへばりついてしゅっという音で応じる。明らかに立腹をしめすものだ。

小トカゲは怒ったように、いくつもの言葉を口にした。ふつうの話し言葉のように聞こえる。腕を荒々しく振りまわし、ふたたび異質な声に切り替えた。間髪《かんはつ》いれずに、動物たちが拒否めいたしゅっという音を発する。

この〝対話〟は数分間つづいた。ファルコには意味がわからないが、小トカゲが二頭の大きな動物たちから獲物を……つまり自分を……奪おうとしているように思えてきた。

とうとう、蛇が相棒の巨大恐竜に巻きついた。ファルコも連れて。

この瞬間、ジャングルのはしで動物たちと遭遇してから切りそこねていたトランスレーターが言葉を発する。同時にファルコはわかった。すくなくとも二足歩行する小トカゲは知性体なのだ。

「おまえを捕まえてやるからな、ワデルダー!」驚いたことに、こう聞こえた。「あらたな第一調教師、カイリビの名にかけて」

巨大恐竜が足を踏み鳴らして歩きはじめると、わめく小トカゲはあっという間にちいさくなっていく。

「これはどう考えればいいんだろうな、蛇?」ファルコは爬虫類のからだをたたいたが、反応はない。テラナーはつづけて、「それじゃおまえは動物なんだな。だが、さっきの色つき野郎は違う。だろう?」

これはひとり言だ。もちろんわかっている。トランスレーターはいまもテラナーの言葉をたどたどしく小トカゲの言語に訳しているが、それにも蛇は反応しなかった。

巨大恐竜はギャロップでジャングルを疾走していく。ときおりなにもない原っぱを通りすぎるが、恐竜はそこにくると急加速するため、蛇の支えがなければファルコはとっくに恐竜の背中から落ちていたことだろう。

いきなり動物が急ブレーキをかけた。ヴィーロ宙航士にはすでにおなじみの熊の一団が道をふさいでいる。褐色の毛皮動物のあいだから、聞きおぼえのある声が響きわたった。トランスレーターが自動的にソタルク語に切り替わる。

「はなせ、陰険な野獣どもめ！　戦士カルマーの輜重隊の一員をそのようにあつかうものではない！」

宇宙盗賊のロンガスクだ！

〝鉄の乙女〟を身につけたシャバレ人は二頭の熊につかまれたが、身を振りほどき、ロボット補助脚二本をくりだして猛然と走りだす。熊たちは興奮してあとを追った。

ロンガスクはロボット脚で原っぱを駆けていく。実際、ここではかれのほうが動物たちよりも速かった。ほんものの脚は風車の羽根のように空中にある。それはとんでもない眺めで、わけがわからないままファルコは声をあげて笑った。

だが、その笑いはいきなりとだえた。宇宙盗賊が障害物につまずき、もんどり打ったのだ。ほんものの脚、あるいはロボット脚で立ちあがる前に熊たちが追いつく。今回は四頭でかこみ、悲愴感の塊りとなって足をばたつかせる男をファルコのいる巨大恐竜のほうに引きずってきた。

蛇はヴィーロ宙航士をはなさずに、からだの一部を使って地面におりると、シャバレ人をぐるぐる巻きにした。それから恐竜の背にもどる。

そこではじめてロンガスクはテラナーを見た。

「アマデウス・ヨーデル歌いのファルコ・ヘルゼル！」と、驚いて、「この奇妙な狩りはきみのさしがねか？」

「もちろん違う」ファルコが応じる。「冗談は好きだがね。わたしもこの野獣たちに捕まって拉致されたのさ。テケナーや《ラサト》についてはなにもわからない。まだ生きていられてありがたいよ。この動物たちにはなにか明確な目的があるようなんだが、どんな目的かは訊かないでくれ」

「どうしてここに着地できたのかも、正確にはわからない。大気中を滑空していると、一個の泡につつまれたのだ。だが、それも消えてしまった」

「パスだ」と、ヴィーロ宙航士。「彼女のホログラムだよ。ときどき悪魔みたいにうまくやってみせるから。われわれ、彼女が成功して幸運だったな。ジェニファーの話では、いつもやれるとはかぎらないらしい」

「なにひとつ理解できない」ロンガスクは白状した。「プルンプは墜落を生きのびたと思うかね？」

「もっとかんたんなことを訊いてくれ、ロンガスク。わたしもいまいましいほど事態を消化できていないんだ」

巨大恐竜がふたたび動きだした。蛇は大きさの違う男たちを鉄のようにかたく固定しながらも、二名にはまったく興味がないかのように頭をあげている。

「この旅はどこにつづくのだろうな？」ロンガスクがたずねた。

ファルコ・ヘルゼルは答えるかわりに顔をゆがめただけ。

巨大恐竜が次にとまるまで、こんどは一時間以上かかった。休憩場所に選ばれた空き地では、数十名の小トカゲが動きまわっている。そのなかにファルコの見知った者がいた。からだの着色でわかる。カイリビだ。だがここの二足歩行者たちは、巨大恐竜にも蛇にも二名の男たちにも直接には注意を向けていない。

巨大恐竜が先に進もうとすると、はじめて小トカゲが一名近づいてきた。なにかのしぐさをして、奇妙な声音で歌う。今回はしゅっという拒絶の応答は聞こえなかった。

驚いたことに、トランスレーターが話しはじめた。不完全な訳だが。

「……きみたちはいまに知るだろう……オグホルと女動物使いよ……ワデルダーがくる……破滅するか生きのびるか、その日がくるまで待つがいい……ワデルダーにしては奇妙だし、色が違うが……ワデルダーと第一調教師の時がきたら会おう……」

そこで小トカゲは急に口をつぐんだ。仲間の輪からせっぱつまった叫び声があがったのである。

「寄生者だ！」ひとつの言葉をトランスレーターが訳した。

それからファルコとロンガスクは、嫌悪すべき光景を目にした。だが、同時に幻想的でもある。

近くの森のはしからトカゲ生物の一団が突進してきたのだ。この者たちは矢筒を背負い、弓や投げ槍を手にしている。

る。


「カグハムだ！」声が響く。「寄生者のなかの寄生者！」

集まった小トカゲの一部が逃走に転じた。のこりが輪をつくる。奇妙な声がわきあがる。

空中で巨大な鳥が陣形を組み、武器を持つ者たちを攻撃した。すると、鳥の一団がもうひとつあらわれ、鋭い声をあげながら同族に襲いかかる。

森から数頭の巨大恐竜が走りでてきた。そのからだは、ファルコとロンガスクを運んできた動物の三倍かそれ以上ある。

びゅんと音をたてて矢が空を切った。同族同士の戦いが幕を開け、そのはげしさはヴィーロ宙航士がこれまでに目にしたもののすべてを凌駕《りょうが》していた。両陣営の見わけはほとんどつかない。

次々にあらたな動物があらわれる。先ほど切れ切れの言葉を発したカイリビが大声を出した。その配下が撤退し、かれらの側で戦う動物たちに戦闘をまかせる。

数十頭の巨大恐竜が、ちいさいが明らかに知性のあるトカゲたちを安全な場所へ逃がした。

小トカゲ一体が、うずくまった巨大恐竜のもとへきた。その背中でファルコとロンガスクは蛇にぐるぐる巻きにされている。

「これもカグハムの獲物だ！」その小トカゲは叫ぶと、投げ槍をかかげた。今回、トランスレーターはすべてを正確に訳している。

矢の雨が恐竜とその同行者に降りそそぐ。ファルコは頭を引っこめた。ロンガスクの鉄の乙女に矢がはげしく当たる。蛇が何本も矢を受けて棒立ちになったそのとき、巨大恐竜が悲鳴をあげた。

二本の矢が目に刺さったのだ。

ファルコとシャバレ人は、立ちあがった巨大恐竜から高くほうりだされた。下で小トカゲたちがわめいている。その声が聞こえなくなったのは、二羽の巨鳥が高みからあらわれたときだ。飛ばされた二名が地面に落ちる前に、巨鳥が一羽につき一名ずつ、鉤爪で背中をつかんだ。矢と投げ槍が空を切り、一本がファルコの頬をかすめ、もう二本がロンガスクの装備にはげしく当たる。

巨鳥は大きな翼をはばたかせて逃げた。

二羽はいっしょに飛び、まだ戦闘のつづく戦場をはなれていく。

「小難を逃れて大難にあう、だな！」テラナーはシャバレ人に叫んだ。「この地獄世界にひと言いってやれるように、なにか思いついてもいいころなんじゃないのか」

ロンガスクは返事をしなかった。膝が文字どおり震えている。

かれらの下を鬱蒼としたジャングルがざわざわと流れていく。やがて、まんなかに一本の大きな木があるちいさな空き地があらわれた。巨鳥はカーブを描いて降下。

「パス！」地面に着く前にファルコが叫ぶ。

パシシア・バアルの横に、テラナーがもうたくさんだと感じている種類の小トカゲが一名、立っていた。

二名はいくらか乱暴に着地したものの、飛行動物の鉤爪から解放されて心からよろこんだ。

アザミガエルがロンガスクをめがけて突進し、かれの宇宙服の胸の操作計器盤まで大ジャンプ。

「わたしのことはちっとも好きじゃないんだな」ファルコがふざけて責める。

プルンプはめずらしく口まねをしない。

「これで三人そろったわね」と、アンティの少女。「こちらはヴァイチャスよ。ほんとうに親切なナガト人なの。彼女の助けがなかったら、あなたたちを見つけるのは無理だったと思うわ。ね、なにがあったのか聞かせて。それから《ラサト》を探しましょう。ナガトのどこかに着陸しているはずよ」

ヴァイチャスは、ファルコの話の途中で一度だけ口をはさんだ。カイリビと遭遇したときのことである。

「それなら、カイリビはワデルダーの外見を正確には知らないんだわ」と、彼女は笑った。「かれ、あなたをワデルダーだと思ったようだけど、そうじゃないから。たしかにあなたやパスとワデルダーは驚くほど似ている。でもオグホルはいつもいっているわ。自然になにができるのか、われわれには判断できないって。カイリビは失敗したということ。どんなに優秀な第二調教師でも、だれかがある動物にいったん授けた指示を、とりけすことはできないから。とにかくそのような行為は冒瀆なの。オグホルがその話を聞いたら、絶対にカイリビを新しい第一調教師にはしないわ」

オグホルの部族の者たちとカグハム配下の寄生者たちとの戦いに話がおよぶと、女動物使いは肩の力を抜いて耳をかたむけた。

「それはよくあることよ」と、いっただけだ。「ほかに問題がなければ、オグホルの部族のもとに帰ることを提案したいわ。もしかしたら、パスがほんとうにワデルダーを見つけるのを手伝ってくれるかもしれない。そうすればとにかく、第一調教師の後継者をめぐる争いはかたづくというわけ」

「あなたはワデルダーを捕まえられるわ」アンティの少女は強くいった。

ヴァイチャスは四頭のエルテルを呼びだしたが、ロンガスクは全力で抵抗した。ふたたびあの動物の背中に乗るなどお断りだったのだ。だが、プルンプが単身で巨大恐竜によじのぼると、あれこれ騒ぎながらもついにあとにつづいた。

あらたな友たちはエルテルの速いスピードが苦手なのだと、女動物使いは気がついていた。そこで、ゆっくりりぎみのテンポで進んでいく。平穏に二度の休憩をとったあと、午後の遅い時間になってオグホルの部族が住む千本木の村に到着した。

ヴァイチャスは自分の恐竜をアンティの少女の近くによせて、

「わたしはワデルダーを連れずに村へもどるわけにはいかない。そんなことをすれば、みずからすすんでカイリビに地位を明けわたすことになるから。それはどうしても避けたいの」

「わかったわ」パシシアはほほえむと、近くの藪をさししめした。「ワデルダーはあそこにすわっている。連れていって。あなたの言葉にしたがうはずよ。ただ、ひとつお願いがあるの。用がすんだら、長く苦しめないようにしてあげてね」

ほんとうに、裸の人間がひとり、藪からあらわれた。ファルコ・ヘルゼルが甲高《かんだか》い笑い声をあげたが、ヴァイチャスは気にとめない。女動物使いは感電したかのようである。ひとっ跳びでエルテルからおりると、はげしい身振りをして奇妙に一本調子な歌声を発しながら、ワデルダーらしき者に近づいた。

「触らないほうがいいわよ！」アンティの少女が叫ぶ。

「なぜだ？」ファルコがたずねる。女ナガト人のほうは、わかったというしぐさをしているのに。

「黙って！」パシシアはヴィーロ宙航士に鋭くいった。「あのワデルダーはもちろんホログラムよ。ヴァイチャスが触ったら、あの動物は映像にすぎないって気づかれてしまう。わたしには、生物をほんとうにつくりだすことはできないから」

奇妙な隊列は動きだした。先頭には女動物使い、その横でワデルダーが足早に歩いていて、さらにロンガスクとファルコとパシシアを乗せたエルテルがつづく。

オグホルの部族の千本木の村から、ナガト人の最初の一団が駆けだしてきた。ヴァイチャスとワデルダーを見ると、興奮して手をたたく。巨大恐竜の背中にいる三名の未知者には、さしあたりだれも注目しなかった。

女動物使いは、部族長があらわれて彼女を正式にあらたな第一調教師に任命するまで待った。その後ワデルダーはヴァイチャスの手で解放され、あっという間に下草のあいだへと消えた。

パシシアは安堵の息をついた。ホログラムを使ったトリックは気づかれずにすんだから。

こうして、オグホルの部族はふたたび第一調教師を得た。今回は女調教師だが、それは特筆すべきことではない。祝宴が開かれることになり、パシシアとその仲間たちは客として歓迎された。話すべきことは、たくさんあった。

6

第五日

ロナルド・テケナーは、ナガトの夜が明けるたびに、おもだったヴィーロ宙航士たちと朝食後に現状報告のミーティングをおこなうことにした。その場はかれ自身がとりしきった。

この朝、新しいニュースはなかった。ヴィールス船は破損や故障個所をおおむね特定できたものの、自力で修理をするのは不可能と断言した。細胞活性装置保持者もヴィーロ宙航士たちも、とにかくセポルの最小期である四十日間はじっと待ち、そのあとで、ほかのヴィールス船が助けにくるよう願うしかない。さらに、もうひとつの不確定要素が取り沙汰された。墜落時の救難信号が、レジナルド・ブルやロワ・ダントン、あるいはほかの船にとどいたのかどうか、確認がとれていないのである。

最初の二度の猛攻のあと、惑星の自然界はしずまっている。あれから攻撃はなく、ナガトのトカゲ生物も姿を見せていない。搭載艇が機能しないために、周辺調査はヴィーロ宙航士たちがみずからおこなう必要があり、ようすを探れたのは不本意な着陸地点のすぐそばだけである。注目すべきことは発見されていない。

ジェニファー・ティロンは、自分に託されたアンティの少女、パシシア・バアルのことをなによりも心配していた。夜中の色彩の魔法とみじかいメッセージ以降、少女が生きている証拠はなにも見つからないのである。

《ラサト》の一セクターで、ヴィーロ宙航士たち二十数名が平凡なロボットの製作にとりくんでいた。ヴィーは使えるかぎりの手段と情報で協力している。一日か二日後には最初のプロトタイプの試験ができそうだ。

「きょうわれわれ、第一回めの大規模遠征調査を開始する」テケナーがミーティングの参加者に伝えた。「《ラサト》ですわりこんでいるのはもうたくさんだ。高性能のブラスターがまったく、あるいは不完全にしか機能しないため、われわれの手中にあるのはいくつかの原始的な武器だけだが、これで充分だろう。調査コマンドのメンバーはわたしと九名の志願者だ。出発は正午ごろ。わたしの不在中はジェニファーが指揮をとる」

「だれかがきます」ヴィーが知らせた。

キャビンのなかに、付近の森のはしの映像がうつしだされる。巨大な一恐竜が藪から出てきた。その背中に二名の比較的ちいさなイグアノドンがいる。知性を持つナガト人と推測された者と同じタイプである。二名のうち、前にいるほうが長い棒の先につけた白いものを振っていた。

「軍使か」スマイラーは考えを口にした。「われらが未知者は理性的になったようだ」

「あるいは、好奇心から」ジェニファーが推測して、「もちろん罠の可能性もある」

「わたしが行こう」テケナーがとっさに決めた。「捕まえてくる」

「異種族心理とサヴァイヴァル技術の専門家がいたほうがいいんじゃないかしら」と、妻がいう。「わたしも行くわ」

その口調は有無《うむ》をいわさぬもので、テケナーはジェニファーの気持ちがわかった。妻の忍耐は拷問を受けているかのように張りつめているのだ。

「《ラサト》から十メートル以上はなれないよう、勧告します」ヴィールス船の低いヴィシュナの音声が告げた。「それ以上はなれると、介入の手段がほとんどありませんので」

「気をつけるよ」テケナーが手を振った。「きみがいいと思う場所に運んでくれ。必要に迫られないかぎり、そこから動かないようにしよう」

ふたりが船外に出て惑星の地面を踏みしめると、巨大恐竜までわずか二十メートルのところにいた。恐竜が足をとめ、その背中から二名のナガト人が滑りおりる。のこる距離は歩いてきた。一名が握った棒のはしの白いなにかは、植物の大きな葉である。もう一名は、グリーンの葉でつつまれたものをいくらか慎重に両手でかかえている。

テケナーとジェニファーの数歩手前で二名は立ちどまり、みじかく一礼。それから、ナガト人がグリーンの葉でつつまれたものを前方に投げた。こぶし大の物体が草むらのどこかに転がっていく。

「ハロー、友たち」そこからインターコスモの人工音声が響いた。「いま話しているのはわたしのトランスレーターよ。前もって用意したメッセージを再生しているの。このメッセージをつくったのはわたし、あなたたちのパス。もしいま聞いているのがジェニーやテクじゃないのなら、装置を持ちあげて、かれらのもとに運んでね。その前に、青いコントロール・キイを押して再生をとめて。そうできるように、しばらく黙っておくわ」

「パス！」ジェニファー・ティロンはよろこんで手をたたいた。そのあいだにテクが身をかがめてトランスレーターを探す。ナガト人二名はなにもいわずに待っている。

「あったぞ！」テケナーは妻にトランスレーターをわたした。

「先をつづけて！」ジェニーはもとめた。「わたしたち、聞いているわ」

「これは再生専用だ。きみの声は聞こえないよ」テクはかぶりを振った。

「わたしの予想どおりなら」トランスレーターはつづけた。「いま聞いているのはジェニーとテクよね。わたしたち、つまり、ファルコとロンガスクとアザミガエルとわたしは、元気にしているわ。あなたたちのところにきた二名のナガト人は、オグホルとヴァイチャスというの。オグホルは共生者部族の部族長よ。ヴァイチャスは女性で、ぱっと見ではそう思えないかもしれないけど、このナガト人グループの第一調教師なの。かれらには親切にしてあげてね。友だから。このメッセージが終われば、トランスレーターはふつうに機能するようになる。ナガト人の言葉をマスターしているから、オグホルや第一調教師と話せるわよ」

「元気なのね」みじかい間があくと、ジェニファー・ティロンが歓声をあげた。

「どうしてわたしたちがもどってこないのか、不思議に思っているでしょうね」人工音声が独白をつづけた。「ナガト人の自然と結びついた暮らしがどんなにすばらしいか、かれらがすべての動物たちをどれほどやさしく支配しているか、どれほど人工的な道具を放棄しているか、それをあなたたちも体験できたら、わたしたちが何日かお休みをとりたくなった理由をわかってもらえると思うわ。わたしの見たところでは、どっちにしても四十日はここに足どめされるみたいだし。もしよかったら、オグホルとヴァイチャスがあなたたちを村まで案内してくれるわ。エルテルには……その巨大恐竜のことだけど……動物使いが操っているかぎりは乗っても大丈夫よ。いっておきたいことがもうふたつあるの、ジェニーとテク。オグホルやヴァイチャスと同じ外見をしたナガト人がほかにもいるのだけど、ものすごく危険なの。寄生者と呼ばれる残忍なグループだから、気をつけてね。それからもうひとつ。偶然どこかで裸の男や女が歩いているのを見かけても、心配いらないわ。かれらはワデルダーといって、ナガトではめずらしい種類の動物よ。臆病で知性が低くて役たたずだけど、わたしたちと同じ外見をしている」

「そんなもの、いるわけがないわ」ジェニファー・ティロンが思わずいった。「パスは冗談をいっているのよ」

かれらはトランスレーターが先をつづけるのを待ったが、なんの音もしなかった。装置の発光ダイオードが、通常の通訳機能に切り替わったと告げる。

「パスの尻をたたいてやるぞ」テケナーが憤然と、「許可なく遠出をして、さんざん大騒ぎを引き起こしたうえ、ファルコやロンガスクをとんでもないことに巻きこんだ。すこしは思い知らせなければ」

「なにもいわないで！」ジェニファーが驚いていった。トランスレーターが喉声を次々と発しているのに気がついたから。夫をつついて、「トランスレーターがあなたの言葉をナガト人のために訳しているのよ！　ぜんぶ聞かれたわ」

「そのとおりよ」トカゲ生物の一名が、細胞活性装置保持者ふたりのほうへ一歩踏みだした。「わたしはヴァイチャス。パスを許すようにお願いするわ。彼女はかけがえのないことをして、わたしを助けてくれたのだから」

「了解した」スマイラーはいくらか顔を引きつらせて微笑した。悪名高いよけいなひと言で、もめごとを起こす寸前だったと気づいたから。「真剣にいったわけではないのだ、第一調教師。パスがまだ生きていて、ほんとうにうれしい。きみたちに心から感謝している。われわれもまたきみたちの友になりたいし、きみたちにもわれわれの友になってほしい」

「それはいいお話だ」ヴァイチャスとは違い、オグホルの声は冷静でおちついていた。ときに言葉のあやを消し去ってしまうトランスレーターの翻訳でさえ、それははっきりと聞きとれる。「あなたがたを歓迎しよう。はじめにすべての動物にあなたがたを襲わせたこと、お許し願いたい。われわれにはあなたがたの存在が理解できなかったのだ。そちらのひかえめな態度から、あなたがたはカグハムやヴェルフィクスやジュンテティのような寄生者ではないと、わたしもほかの部族長もわかった」

「思うに」と、テケナー。「われわれ、ゆっくりと知識を交換しあうべきではないだろうか。だがまずは、その場所をどこにするかはっきりさせるべきだ。それに、いつかはパスにもどってきてもらわないと……」

そのとき、オグホルとヴァイチャスを乗せてきたエルテルがすさまじい悲鳴をあげて棒立ちになった。ナガト人二名は驚いて振りかえる。動物の目に投げ槍が刺さっていた。恐竜は死の恐怖からめちゃくちゃに走りまわり、ナガト人たちやジェニファーやテケナーのほうに向かってくる。

「寄生者のことを口にするとき、かれらはいつもすでにいるのだ！」オグホルが叫ぶ。

「第一調教師よ、きみにできることをしてくれ。わたしが手伝う」

ヴァイチャスは無力だった。目の見えぬ巨大恐竜が相手では、第一調教師であってもなすすべはない。重傷を負った動物の耳に、なだめようとする彼女の声はとどかないだろう。

すぐそばでわめき声があがった。ナガト人や動物相の代表者があらゆる方向から押しよせる。矢が鋭く空を切り、火のついた投げ槍がテケナーら四名へとはなたれた。

「二名をこちらへ！」ヴィーの声が響いた。「急いで！」

ジェニファー・ティロンとロナルド・テケナーは理解した。二名のナガト人はヴィールス船の作用領域の外にいたのである。

はげしく暴《あば》れるエルテルが近づく前に、テケナーはヴァイチャスの肩に跳びつき、ともに船へと走った。ジェニファーはとまどうオグホルを引きよせる。すんでのところでテラナーふたりはまにあった。ヴィールス船は光またたく防御バリアを張ってかれらを支援。バリアに恐竜が激突する。巨獣はもんどり打って、反対方向に猛然と走り去った。

ヴィーは四名を司令室まで運んだ。オグホルとヴァイチャスは驚きの声をあげたが、不思議な乗り物と未知の環境を比較的おちついて受け入れる。

「パスは、事実に反することはひと言も話していなかったのね」第一調教師はよろこんだ。ところが、突進してくるカグハムの軍勢をすぐそばでうつしだすホロ・プロジェクションを見て、はっとあとずさる。

「消して！」ジェニファーが船より早く反応した。ホログラムが消える。

「安心していい」と、テケナー。「われわれは安全だ。いま見えたものは映像にすぎないのだから」

「映像？」女ナガト人は考えこんでたずねる。

「そう、映像だ」スマイラーが親しげにほほえんだ。「現実の再生というわけさ」

「その映像に触れることはできる？」女動物使いは大きな頭をものうげに動かして、恐ろしげな歯列で歯ぎしりをした。

「それはあなたにとって重要なことなの、ヴァイチャス？」ジェニファーは気になってたずねた。

「ほんとうに重要なの。でも理由は話したくないわ。わかってちょうだい。映像を見せてもらえる？」

ヴィーがつくりだしたのは、よりによってカグハムのプロジェクションだった。オグホルがそう確認して説明する。第一調教師はホログラムに一歩近づくと、手をさしだして触れた。二本の指とおや指が映像を突きぬける。それが実際には存在しないとわかると、驚きの声をあげて、

「あなたがたは、こういう映像をほんものにすることもできるの？」と、たずねる。その手で頭の上をさすった。ワデルダーのことや、自分に当たってから消えてしまった石のことを考えているのだ。

「ふつうはできないわ」なんのことか予感をおぼえて、ジェニファーは答えた。「なぜそんなに気にするの？　いまはもっと重要なことを話さなければならないのに」

「それなら、その重要なことについて話しましょう」と、オグホルの部族の第一調教師。

異種族心理学者は相手の心の傷に触れたのだと感じたが、それ以上は訊かなかった。映像をほんものにするのは、パシシアならばやりそうなこと。ジェニファーにはよくわかっていた。だが、ここ数日で現実ホログラムのつくり手とナガト人とのあいだになにがあったのか、彼女にはわからないのだ。いまはまだ。

攻撃からしばらくたつと、カグハムの軍勢とかれらの操る動物は撤退した。寄生者の首領は、この敵にはなにもできぬとわかったようだ。テケナーは満足してそう断言した。

「それは間違いです」ヴィーがいいはる。「あのナガト人たちにとり、われわれが興味の対象でなくなっただけのこと。戦わずに引きさがったから」

「きみは理論的思考がすっかりできなくなったようだな」スマイラーはあまりいい顔をせずに応じた。

「そんなことはありません、ロナルド・テケナー。この映像をお見せします。ジェニファーが判断できるでしょう。カグハムとその配下のナガト人は、自分たちの利益のためではなく、戦いのための戦いをもとめているのです。かれらのしぐさや、わたしに聞きとれたわずかな言葉の分析から、それは明らか」

ロナルド・テケナーは妻にたずねるような視線を向けた。

「驚くべきことじゃないわ」彼女が考えをまとめているのが、その顔から見てとれる。「検討に値《あた》いする奇妙な点が三つある。ヴィーの言葉は間違っていないと思う。映像をじっくり見てみるわ。外面的にはすべてが異質に見えるかもしれないけれど、じつはどうってことないんじゃないかしら。背後になにかがかくれている、そんな予感があるの」

「三つの奇妙な点とは？」

「まず、パスがもどってこない。わたしたちの異郷への憧れよりも強いホームシックを感じているのによ。次に、ヴァイチャスの示唆《しさ》。それからカグハムの攻撃中断。ナガト人に正反対のふたつのメンタリティがあること。つまり、奇妙な点は四つね。そのうちのいくつかには特別な意味があるはずだけど、わたしにはまだ解明できていない」

「われらの種族は三つに分かれている」オグホルが説明した。「すべて外見は同じだが、精神が違うのだ。ひとつは寄生者。そして、われわれはみずからを共生者と呼んでいる。なぜなら、われわれは生きることを可能にしてくれる動物たちと調和して暮らしているから。さらに、いかなる関心をも失った孤立者がいる。われわれナガト人には、ナガトで暮らすうえでの道が三つあるということ」

「三つの道?」ロナルド・テケナーは急に頭がさえたようすで、「それはじつに気になる話だ、オグホル」

「むろん、正しい道を歩んでいるのはわれわれだと信じている」部族長は力をこめて説明した。「われわれは平和をもとめており、戦うのは命がかかっているときだけだ。ところが、寄生者のふるまいは違う。かれらは戦いをもとめ、戦いをなりわいとし、掠奪品で生きている。手助けしてくれる動物を死に追いやることもいとわない。われわれにとって、なんのためらいもなく力を見せつけるかれらは災いの象徴だ。対して、孤立者は第三の道を歩んでいる。かれらはなにもしない。追われるがまま、誘惑に負けるがままだ。存在の背景にあるものなど意に介さぬ。みずからの死を玩具にしているのだ。かれらは破滅するだろう」

ロナルド・テケナーとジェニファー・ティロンは目を見あわせた。言葉はいらない。ストーカーのシンボルとの共通点はあまりにも明瞭で強力で、わかりやすかった。三つの道。そのうちのふたつは善と悪という対極にある単純なイメージと一致する。それから、第三の道。ストーカーがテラナーに対して魅力的にしめした道だ。レジナルド・ブルの《エクスプローラー》との最後の交信によれば、かれらはまさにナガト人の孤立者のように、この第三の道を歩もうとしていた。

このすべては偶然なのだろうか。それとも、種族メンタリティの分裂の背後で同じ者が糸を引いているのか？

「きみにはいっておくがね！」テケナーは愛情まじりに、だが脅すように妻に指を向けた。「わたしは地に足のついたテラナーのままでいつづけるぞ。自分はギャラクティカーだと感じるとしても、むしろ、われらが故郷銀河の一知性体としてのギャラクティカーだ。ストーカーがわれわれを誘いだそうとまくしたてた話に身をささげるつもりはない。わたしにとって道はひとつだけ。それがストーカーの三本の道と同じである必要はない。ストーカーは策士だ。その陰険な芝居の裏を暴かなければ。わたしはわたしの道を行く。ツナミ艦二隻の乗員が見つかれば……見つけるつもりだし、見つかるだろうが……もっと多くのことがわかるはずだ」

ジェニファーはなにもいわなかった。うなずいたのみである。

「オグホル」と、テケナー。「これからいくつか名前をいわせていただく。このトランスレーターが正確に伝えてくれるといいのだが。これらの名前について、知っていることをお教え願いたい」

「話されよ」部族長は自信をこめて、「わたしが知っていることはすべてお答えしよう。あなたがたを信じているから……パスのおかげだ」

「ソト＝タル・ケル。カルマー。エスタルトゥ。エレンディラ。至福のリング」

オグホルはすぐには返事をしなかった。まずは助けをもとめるように同行者ヴァイチャスを見た。彼女は否定のしぐさをする。そのようすはひどく人間的に見えた。

「心苦しいのだが、ロナルド・テケナー」オグホルの遺憾の念にいつわりはない。「その言葉はどれも知らぬ。第一調教師もまったくわからないようだ」

「わかった」テケナーの顔には内心の緊張があらわれている。「それでは、すこし違うことをおたずねする。われわれがナガトとは関係のないべつの世界からきたことは、パスから聞いているはず」

「聞いている。あなたがたは〝半外者〟だ」トランスレーターはこれ以上いい言葉を見つけられなかったのだろう。

「これまでに、べつの……ええと、半外者がナガトにきたことは？」

「わたしはたくさんのことを知っている」オグホルは応じた。「わたしはほぼつねに、きわめて多くの共生者部族と充分に連絡をとりあっている。だが、ナガト生まれでない生物のことは、いままで聞いたおぼえがない。いや、ロナルド・テケナー、あなたがたはナガトにやってきたはじめての半外者だと、わたしは確信している」

ヴィーロ宙航士たちは考えこんで黙った。まったく違うシュプールを追っているのだろうか？　すべての背後に、ストーカーや謎の戦士カルマーのたぐる糸を察知できたと思ったのだが。そのカルマーは、シャバレ人のロンガスクやクロスクルトにとっては人生そのものなのだ。

　この沈黙を見はからって、ヴァイチャスがいう。

「よろしければ、本来の重要なことに話をもどしたほうがいいのではないかしら」と、いくらか仰々しく、「パスとプルンプとロンガスクとファルコがあなたがたを待っている。ロナルド・テケナー、あの少女はすこし不安になっているわ。さしあたりホームシックは克服したようだけど、あなたが彼女の……さっきなんといったかしら？……尻をたたくつもりだと考えているの。この《ラサト》という名前の、話すことのできる大きな異郷の家を動かして、われわれの千本木の村まで運ぶといいわ。場所なら近くにいくらでもあるから。ナガトをはなれようと思う日がくるまで、われわれのもとで暮らしてちょうだい。友になってほしいの」

「そうかんたんにはいかないのだ」スマイラーは女動物使いの言葉に心から感動していたが、「この異郷の家は……われわれ、宇宙船と呼んでいるが……動くことができない。きみたちの恒星セポルが発する目に見えぬ力がすべてを妨害しているから。そのうえ、駆動系には自力で修理できない故障まである」

　ヴァイチャスが歯列をぎしぎしと鳴らして、

「わたしの駆動系は大丈夫よ、ロナルド・テケナー。わたしを宇宙船《ラサト》の外に出してちょうだい。第一調教師の駆動系がどれほど優秀なのか、友に見せてあげる」

「彼女を行かせてやってほしい」と、オグホル。「わたしがあなたがたのもとにのころう」

「どういうことかわかるか?」テケナーは妻にたずねた。

「さあね」ジェニファー・ティロンが応じる。「でも、ヴァイチャスは自分がなにをするのか、わかっているのだと思うわ」

ヴィーが女動物使いを外に送りだした。

それから二時間近く、オグホルは、ナガトと、ナガト人の三つの方向について説明した。その後、ヴィーロ宙航士たちは、ヴァイチャスがなにをするつもりだったのか知ったのである。

7

自然は、脈動する恒星セポルのハイパーエネルギー嵐でダウンした技術への勝利を謳歌していた。この自然とは、エルテルと同じタイプの巨獣八千頭ほどと、さらに八千体の飛翔生物〝絨毯《じゅうたん》〟のことだ。この生物は、ヴィーロ宙航士たちによってそう名づけられた。ラール人の到来直前に捨て子として地球にあらわれたシスラペンにどことなく似ているから。〝絨毯〟はたいらな形状で、反重力器官を有しており、飛翔できる。ヴァイチャスからあとで聞いた話によれば、調教するのがきわめてむずかしい動物のひとつなのだそうだ。聴覚器官がなく、ナガト人の声まね能力が役にたたないためだ。そのかわりに自然はべつの能力をあたえたということ。

だが、オグホルの部族の新しい第一調教師は、自然に対して超自然的なほどの気力を発揮した。色彩模様としぐさ、つまり磨きあげた身体言語だけで〝絨毯〟を巨大恐竜の同盟者とし、《ラサト》まで連れてきたのだった。

故障したヴィールス船をオグホルの千本木の村のそばに運ぶまで三日かかったが、とにかく成功した。ヴィーも何度か確認したように、カグハムの戦士が運搬作業を監視していたが、寄生者のあらたな攻撃はなかった。ヴィーはふたたび、自分たちはかれらの興味の対象ではないのだと主張したもの！　ジェニファー・ティロンもそう考えている。だがロナルド・テケナーは、その意見をどう思っているのか、妻にはっきりと表明した。こめかみを指でつついたのだ。

パシシア・バアルやファルコ・ヘルゼルやロンガスクとの再会はしずかなものだった。《ラサト》をオグホルの村に運ぶというとほうもない仕事に全員が圧倒されていたから。それでもテケナーは脅し文句の一部を実行した。つまり、彼女の腰を片手で軽くたたいたのである。

これに対して、ヴァイチャスはさりげなく慎重に仕返しを成功させる。アンティの少女のそばをはなれることなく、スマイラーのもとに〝粘液ミミズ〟一匹を行かせたのだ。ミミズは樹冠から落ちてくると、いやなにおいのする液体をテケナーの全身に浴びせた。この光景を見ていちばん笑ったのはファルコ・ヘルゼルだ。

いま《ラサト》は千本木の村のはしからわずか数百メートルのところにあり、今回は水平である。ヴィーは第一調教師の行為をおおいに賞讃して、テケナーにユーモアたっぷりに、女イグアノドンとジェニファーをとりかえてはどうかと提案した。自分のつとめにきわめて忠実なオグホルは、これを真に受け、そのような要求は認められぬと応じたのだった。

それでもテケナーの計画した遠征調査は実現した。スマイラーがやるといいはったためだ。ヴァイチャスがすこしばかり協力することになり、遠征は幸先《さいさき》いいスタートを切った。彼女が移動手段を用意したうえに、自分も同行すると申しでたのである。

これは些細《ささい》なことのはずだった。ジェニファー・ティロンでさえ、この調査が新発見をもたらすとは考えていない。彼女はこの方面で、きわめて鋭敏な感覚をそなえているのだが。

＊

第十一日

かれらは寄生者が支配する地域の奥深くまできていた。エルテルの集団を操るヴァイチャスはつねに先頭にいる。テケナーはトランスレーターを使って、第一調教師の発する動物の声まねを自分の理解できる音声に変えようとしたが、うまくいかなかった。装置が機能しないのである。奇妙な現象だった。あの声まねは超能力ではないが、自然界との結びつきがおおいに関係しているのだろう。

遠征隊にロンガスクは参加していない。《ラサト》の故障を見定めて修理できると、もっともらしく話したからだ。テケナーは宇宙盗賊の好きにさせた。

ヴァイチャスは、これから自分の知らない一帯に足を踏み入れると正直に話した。女動物使いは、《ラサト》輸送のさいにもリーダー役をはたした大きなエルテルに、テケナーとジェニファーとともに乗っている。ヴァイチャスはあることを確信していて、それを伝えるべくパシシア・バアルをときおり横目で見た。少女のほうは、自分がしたくない話をヴァイチャスがしようとしているのだと、とっくに気がついていた。

その日の出来ごとは、ロナルド・テケナーにとり、顔面にこぶしを食らうようなものであった。あるいは、ストーカーがかれのなかにのこしたトラウマのような、というべきか。それはスリマヴォが解決してくれたものの、まだ完全には癒えていない。

ナガトの自然は圧倒的である。多様で植物の色がみごとなことだけが理由ではない。また、真の動物使いすなわち第一調教師のヴァイチャスがおだやかに生みだす、みごとなハーモニーからのみそう感じるわけでもない。わずらわしい蚊を遠征隊からすっかり遠ざける、ささやくような歌声ひとつとっても、じつにすばらしいのだ。パシシアやファルコやロンガスクがオグホルの千本木の村にとどまったのは、戦闘への懸念のほかにもわけがあったのだと、テケナーは納得した。

その日の出来ごとはまた、ロナルド・テケナーにとり、冷水シャワーのごとくであった。記憶に刻まれたオグホルの言葉が嘲笑のように思える。あの部族長は嘘をついたのではないと、スマイラーにはわかっていた。オグホルは、テケナーが口にした言葉を聞いてもなにも想像できなかったのだ。ストーカーが語った三つの道について……また、ナガト人が歩む三つの道について……その背景を知るよしもないのだから。

先頭のエルテルは道を切り開く役目をずっと引き受けている。だが、見慣れぬ光景を前にして身をすくめた。ヴァイチャスの指示を待つ。

ロナルド・テケナーの乗るエルテルが前ににじりでて、とまった。そこで、テケナーは見たのである。

技術！　秩序！　金属！　アンテナやセンサーやパラボラ装置！　冷たさと静寂！　権力のデモンストレーションである！

未知のステーションが半球状にそびえ、不可聴で自然界にはない力のシグナルを発している。これまで経験してきたナガトの自然とはあまりに対照的で、スマイラーでさえ息をのんだ。夢か現実かと苦悶するかのように、かれは鋼の壁を凝視した。

ヴァイチャスはとほうにくれてかぶりを振る。

自然との一体感とは違うなにかがナガトに存在するとわかって、第一調教師はヴィーロ宙航士たち以上に大きなショックを受けていた。パシシアと、そのことについて話をしたいと思っている例のいまいましい石は、彼女にとってすでに充分な謎であった。そのうえ、これだ！　自然界の地面にかくれているのだから、これはずっとここにあったということ。自然の一部のような外見をしているが、絶対に違う。《ラサト》もいくらか異質ではあったが、ナガトと結びついているわけではない。

「このステーションをじっくり調べてみよう」ロナルド・テケナーがいった。「慎重にな。とにかくこれで、ナガト人でない者がわれわれの前にここにきていたことがはっきりしたわけだ。半外者ということ」

技術施設からとどろくような声が響きわたった。

「ナガト人よ！」と、大音声《だいおんじょう》で、「戦いのために生きよ。恒久的な戦闘のごとき永遠の戦士、カルマーがそれを望んでいる。真実は戦いのみにあり！」

「真実はタライのみにあり」プルンプがぺらぺらとしゃべった。ロンガスクのアザミガエルはファルコ・ヘルゼルの膝の上にいる。

「なるほど」と、ロナルド・テケナーはいった。だが、ちいさな球状生物の言葉に応じたわけではない。

ナガトが重要な秘密をもらしたのである。

*

第十三日
未知技術のステーションは無人で、危険度は比較的低いと判明した。大部分が機能さえしていない。主ポジトロニクスがあり、いくつか不完全なデータを引きだせたが、その直後、技術の精神は動かなくなってしまった。近くにべつの基地があると示唆するデータのなかで、ある言葉を見つけたテケナーは啞然とした。

その言葉とは〝エルファード人〟である！

エルファード人！　ヴォルカイルは自分のことをそう呼んでいた。そのヴォルカイルが、十個の球体が連なった宇宙船の一球体で《ラサト》のエネルプシ・バリアをなきものにし、ナガトに墜落させたのである。

これで、細胞活性装置保持者はいくつかの確信を得た。このステーションは戦士カルマーについてもエルファード人についても言及している。つまり当然、これらの登場人物にはつながりがあるということ。

このステーションが存在するという事実が、戦士カルマーがナガトにも手を伸ばしていることを如実に物語っている。

ジェニファーは推測をもう一歩先へ進めた。ナガト人の対照的な三方向の進化について耳にしてから、ずっと頭をひねっていたのだ。あらゆる自然な進化と矛盾しているから。カルマーかエルファード人、あるいはその両者がここで暗躍しているのなら、かれらがナガト人をこのように進化させた張本人でもある可能性は非常に高いと、異種族心理学者は考えた。つまり、操作されているということ。これで、ナガト人種族に見られる奇妙な点のいくつかに説明がつこう。

ステーションの隣りの建物で、テケナーはジャングル用の装甲車を見つけた。どうやらまだ走るようだ。操縦コンソールのシンボルが謎だったため、テケナーは第一調教師にたのみ、できるだけ早くロンガスクを連れてきてもらった。

やがてシャバレ人が到着。かれは臆病だの宇宙盗賊だのといわれるが、技術の天才でもある。さらに、この地の事情については、どのヴィーロ宙航士よりも通じている。

ロンガスクはたどたどしいインターコスモを話せるようになっていた。四十日間の隔離が終わるころには、この異言語を完璧に近く使いこなせていることだろう。

ロンガスクはロナルド・テケナーとトランスレーター抜きで話をした。

「ヴィーとわたしとで、できるだけ《ラサト》を修理しました。重大な損傷はあらかたなんとかなりましたが、必要な交換部品がないのでまだ一カ所のこっている。重力フィールドとその定数、およびプシオン・フィールド定数を計測するコース制御にかかわるもの。《ラサト》は交換部品を積んでいたのですが、エルファード人に破壊されてしまいました」

「いい話ではないな」と、スマイラー。

「あのステーションを見てみましょう」シャバレ人が技術施設をさししめす。「ヴァイチャスの使者から話を聞きました。ほかの技術基地もあるらしい。どこかで必要なものを見つけられるでしょう。まずは装甲車の面倒をみます。それでいいですか？」

ロンガスクはプルンプにみじかく挨拶をしたが、アザミガエルは眠っているようだ。あるいは飼い主が急にべつの言葉を話したので、気にさわったのかもしれない。

一時間弱で、シャバレ人は装甲車を走れる状態までもっていった。それはテラのシフトに似ていたが、飛翔はできない。十二名は乗れる。シャバレ人とともにジャングル装甲車の技術面を調べていたファルコ・ヘルゼルが操縦席についた。

テケナーはヴァイチャスのもとに行った。女動物使いはかれに話す隙をあたえず、「乗り物を見つけたのね、ロナルド・テケナー」と、洞察力をしめしていった。「わたしのエルテルよりもそちらのほうがいいでしょう。あの不自然な巨体で遠征をつづけたいと思っているのね？」

「できれば」スマイラーは応じた。「悪く思わないでほしいのだが」

「もちろん悪くなんて思わないわ。いずれにしても、わたしはいつ村へ帰れるのかしら、と考えていたから。ワデルダーを探すための二十日間はもうすぐ終わる。オグホルとわたしはカイリビが帰ってくると考えていて、その前にわたしにはいくつかやっておかなければならないことがあるの。カイリビが第二調教師としての権利をすべて保持できるようにしておきたい。オグホルには法のひとつを変えてもらわなければ」

テケナーはうなずいたのみ。このいくらか奇妙な風習のことは耳にしていた。ワデルダーをめぐる対決の敗者は、権利を大幅に制限されるのだという。ヴァイチャスは進歩的な考え方をする、非常に賢明な女性のようだ。第一調教師は話をつづけた。

「でも、あなたがたの旅の安全を祈って村にもどる前に、パスとふたりだけで話がしたいのだけど」

「彼女はあっちだ。われわれのシフトのそばにいる。どうぞ話してくれ」

大きさの違う女たちはふたりきりになった。ヴァイチャスがパシシアの気まずそうな表情を読みとれたのかどうか、それはわからない。

「わたしは自分の村にもどるわ、わたしのちいさな友」第一調教師はやさしくいった。

「でも、たしかめておきたくて」

「たしかめる？　なにを？」

「《ラサト》のなかでヴィーが映像をつくるのを見たの。ヴィーは技術の道具だから、わたしには理解できないものだわ。でも、わたしたちが最初に出会った日の夜に、あなたが技術の道具なしに夜空に絵を描くのを見た。あなたは《ラサト》の装置がなくてもあれができるのね。ワデルダーを捕まえかけたとき、あなたがわたしを重い石で気絶させたことは忘れられない。あれは絵以上のものだったわ。あの石をふたたび見つけることはできなかったけれど、たしかにあそこにあったのだから。あなたは不思議な生物ね、パス。あなたの手を借りて見つけて、オグホルのもとに連れていったあのワデルダーも、ただの映像だったんじゃないかと疑っているの。もしそうなら、あれはほんものではなかったということ」

「それは悪いことだったの？」パシシアはこの件をささいなことにしようとした。

「わからないわ」ヴァイチャスは正直に、「でも、たしかめておきたい」

「それなら、すべてを大きなつながりのなかで考えてほしいの。あなたはわたしのせいでほんもののワデルダーを捕まえて連れていけなかった。わたしの石が当たったから、あの動物は逃げたんだもの。あとになって自分が間違っていたとわかったの。すべての罪をなかったことにしたくて、かわりのものを用意するしかないと思った。それが映像なのか、ほんものなのか、生きているのかなんて、どうでもいいことだわ。ワデルダーを捕まえるっていう目的にかないさえすれば」

「そう思うの？」

「そうなのよ、ヴァイチャス、わたしの大きな友。ロンガスクはヴィーといっしょに《ラサト》の修理をするために、このステーションにあるものから技術部品をつくっている。その代替品がオリジナルなのかどうか、訊く人なんてだれもいないわ」

「それなら、あのワデルダーは映像だったのね」女動物使いは断言する。

「そうよ」と、パシシアは答えた。

「あなたが正直に話してくれたおかげで、心配ごとをぜんぶ忘れられるわ」

大きなトカゲは、友情をこめてアンティの少女を抱きしめた。

8

第十七日

かれらは二百キロメートル以上を移動して、すこしずつオグホルの部族の住む地域に向かっていた。最初に発見した技術ステーションから得たとぼしい情報によれば、かれらのたどった道には基地が四つあるはずだった。そのうちの三つを実際に見つけたが、ふたつには注目すべきものはなにもなかった。すでに崩壊し、侵入してきた植物にほとんどおおいつくされていたからだ。

三番めの基地は、まちがいなく戦士カルマーのなんらかの協力者の拠点でもある。ロンガスクはそこで努力がむくわれる発見をした。あるスケッチが神殿を示唆していることを解明したのである。その神殿は一種の中核的な〝戦争煽動《せんどう》者の基地〟であるらしい。

ロナルド・テケナーは神殿の場所を見つけられるよう、そのスケッチを正確に記録した。〝戦争煽動者の基地〟という表現にシャバレ人は疑問符をつけた。ロンガスクの主張によると、これらの文字やシンボルは正当なソタルク語ではないらしい。だが、ソタルク語をマスターしている通常の思考力の持ち主であれば、おおむね理解できるという。

ジェニファー・ティロンは水を得た魚のようであった。

「すべてがますますはっきりしてきたわ。どこかに戦士カルマーあるいは永遠の戦士と呼ばれる者がいるのよ。そのカルマーは多くの種族に、もしかしたらエレンディラ銀河のすべての者にさえ影響をあたえている。シャバレ人は、最下層の者にいたるまでその作用を受けているわ。シャバレ人は技術にくわしい種族で、まさに宇宙放浪者。カルマーとその配下は……とりあえず戦争煽動者と呼ぶことにしましょう……過去に原始的な世界にまで手を出していた。ナガトがその例よ。ここでは自然な進化がまったく違う道を歩むことになった。オグホルの話を信じていいのなら、かつてナガトでは全員がいまの共生者のように生きていた。それに対して寄生者と孤立者は意図的な攻撃の産物で、人工的な進化をとげたんだわ。戦いのための戦いをもとめた結果なのよ。わたしたち、すでにその兆候を経験した。こちらが防戦しなかったとき、カグハムの者たちはわたしたちへの興味をなくしたでしょう。あれを見て、犬が喧嘩しているところを思いだしたわ。片方が無防備な喉をさらして服従や降伏のサインを出すと、もう片方は相手への関心をすっかり失って、とことこと立ち去るのよ」

「それで、孤立者の意味するところは？」テケナーがたずねる。「そのイメージのなかで、かれらはどんな役割をになっている？」

「かれらは一種の集団心理の影響下にある。全員がいっしょになって、過剰に忍従しているのね。戦いがはじまる前からあきらめているの」

「とんでもないな」と、ファルコ・ヘルゼル。「戦闘でなにも手に入らないなら、勝者にとってどんな意味があるんだ？」

「おかしな話に聞こえるかもしれないけど、そこにはほんとうに深い意味があるのかもしれない。わたしたちの概念でポジティヴとさえいえることが」異種族心理学者はつづけた。「自然界には淘汰の、生存競争の原則がある。そこでは強者だけが勝つ。永遠の戦士カルマーが煽動する永遠の戦争がこれと似た目的を持つのなら、その戦争にはきわめて人間的な側面があるのだと思うの。つまり、敗者は生きのびてあらたな試験を受けることが許される。そしてある時点で破滅するか、強化されるか、肩をならべるか、ということになるんだわ」

まだ一部に疑問はのこるが、いくらか秘密のヴェールにつつまれた理解でよしとして、かれらは先へ進んだ。

オグホルの部族の若いナガト人ジョカスが、この惑星の住民としてただひとり、テケナーのもとにのこっている。かれはジャングル装甲車をたくみに操縦するファルコのうしろにすわっていた。隣りにはテケナーがいる。

やがて一本の川までできた。装甲車は水に浮くこともできると、ロンガスクがヴィーロ宙航士たちに伝える。テケナーとその仲間たちは、安全に守ってくれる装甲車にすっかり慣れていた。

ファルコが斜面に沿って慎重に鋼の巨体を水中へと向かわせる。

「待ってください！」ジョカスが叫んだが、ファルコは耳を貸さなかった。

「どうした？」スマイラーがたずね、ジェニファーも注意を向ける。

「動物の声が聞こえる」と、若い動物使い。かれはまもなく第二調教師に任命される予定で、このミッションは自分が昇進にふさわしいことを証明する場だとも考えていた。

「わたしがいっているのは、もちろんナガト人の声まねのこと。ただ、その意味が理解できない。どんな動物に話しかけているのかもわからないのです」

装甲車の上にはパシシア・バアルとロンガスクがすわっている。

「なにも見つからない！」シャバレ人が叫ぶ。「われらがトカゲの友は幽霊でも見たのでしょう」

「有名でも」アザミガエルがぶつぶついった。

ジャングル装甲車はゆるい流れのなかを無限軌道の力だけでのんびりと進んだ。川のなかほどまできたとき、それは起こった。

今回、動物界の攻撃は水中からきたのである。

棘のある巨大カワウソが数百頭、いきおいよく泳いできて、すばやく装甲車によじのぼる。体長ゆうに一メートルの水棲《すいせい》動物はロンガスクの脚を食いちぎった……さいわい、金属製のロボット脚一本だけだが。

「防戦しないで!」ジェニファー・ティロンが叫ぶ。「上部ハッチを閉めて!」

だが、パシシアがパニックに襲われて障害物をいくつかつくってしまい、そこに巨大カワウソが激突した。やがて全員が装甲車内に入り、ハッチが閉まる。

装甲車が攻撃を防いだ。対岸にナガト人の姿が見える。

「ジュンテティの部族の寄生者です」と、ジョカス。

ジャングル装甲車は川岸の斜面をのぼった。

「武器がひとつあります」ロンガスクが告げた。「これも動くはずだ。あいつらの毛皮を焦《こ》がしてやってもいいですか?」

「あいつら、こかす」プルンプがぺちゃくちゃとしゃべる。

「とんでもないわ!」ジェニファー・ティロンが大声で、「そんなことをすれば、またべつのことが起きる」

彼女は正しかった。装甲車が応戦せずにいると、寄生者たちは口もとをゆがめ、つまらなそうに、ほとんど落胆したかのように背を向けた。かれらに操られていた動物たちも姿を消す。

「これでわかったでしょう」異種族心理学者は満足げに、「かれらは戦いのための戦いをもとめている。こちらが防戦しなければ、がっかりしていなくなるというわけ」

ジョカスは考えこんだ。

*

第二十日

まだかれらは、オグホルの千本木の村まで一日かかるところにいる。あれから二回、寄生者に攻撃されたが、耐えきった。防戦しないという、ジェニファー・ティロンの主張が正しいとふたたび裏づけられたわけだが、テケナーはそろそろ白黒つけたいと考えたのである。そこでシャバレ人の手を借りて準備をした。一台のトランスレーターを、ロンガスクが見つけたスピーカーに接続する。

「われわれ、カグハムの支配地域にいます」ナガト人ジョカスがいう。このガイドの思慮深さは、すでにみなの知るところである。「あなたがたが鋼の家にいることを、カグハムは知らない。ふたたび攻撃してくるでしょう。それだけではないはず。なぜなら、カグハムはだれよりも荒くれ者の寄生者だから」

「パス」テケナーがアンティの少女に声をかける。「わかってるか？　こんどこそ一名は捕まえるぞ」

「もちろんよ、テク」パシシアは半分開いた上部ハッチのところでシャバレ人とジョカスのあいだにすわっている。

「われわれ、一度はあの連中を相手にぞんぶんに戦いたいもの」ロンガスクがいいはる。

「仰天させてやれるでしょう」

「間違っているとはいえないわね」ジェニファー・ティロンがジャングル装甲車のなかから応じる。「おそらく、それが相手のもとめていることだから。でも、かれらがそうするのは戦争煽動者カルマーにすりこまれたからよ。その手法はまだ解明されていないけど」

「はじまります」と、ジョカス。「寄生者の声がする。こちらにエルテルをけしかけているのです。さらにクリッパーまで」

「クリッパーとは？」テケナーがたずねる。

「刺す蚊です」

「ならば、なかに入ってくれ。ハッチは閉めておこう」

巨大恐竜の先頭集団があらわれたとき、テケナーはスピーカーをオンにした。

「ハロー、カグハム！」通訳された声がジャングルに響きわたる。「われわれ、きみのことも、その配下もとっくに見つけている。きみたちは戦いたがっているようだが、われわれは話をしたいのだ。近くにきてくれ、カグハム。なにもしないから。われわれから山ほど学ぶチャンスだ」

怒りの咆哮がこだました。攻撃陣形を組んでいたエルテルが束縛を解かれ、あらゆる方向に走り去る。

「見つけた！」ジョカスが叫ぶ。「カグハムは、樹冠が黄褐色の木の、下のほうの枝にすわっています」

パシシアが双眼鏡を目に当てて、

「そこに寄生者は二名いるわ。どっちのこと？」

「赤い泥を塗った大きいほうです」

「わかったわ」現実ホログラムのつくり手は集中した。通りぬけられぬ壁をいくつかつくるのは、すでに充分練習したこと。だが、今回は遅すぎたし、軽率だったようだ。つくろうとした檻《おり》に天井ができぬうちに、カグハムは大ジャンプをして、不可解な方法で自分の周囲に生じた牢獄から跳びだす。

とはいえ、こんどはパシシアが周到だった。カグハムを不可視の壁に激突させたのである。寄生者はふらふらになった。ファルコが状況を把握して装甲車を加速させ、ロナルド・テケナーが上部ハッチを開けて外に出る。

カグハムのもとに着くと、スマイラーは装甲車から跳びおりた。ナガト人はあっという間に抵抗をやめる。そのちいさな目は怒りに燃えていたが、からだはパシシアがつくった檻に閉じこめられている。

「きみはじつに意味のない戦いを次々にしかけてきたな、カグハム」ロナルド・テケナーが対話をはじめた。

「意味のない戦いなどない」カグハムが語気荒く応じる。「おまえたちが意味のないふるまいをしたのだ。われわれと対決するという栄誉を受けなかったのだから。おまえたちはわたしにとって、まさに戦争の先ぶれ。法典に違反したおまえたちを軍神が罰するだろう」

「軍神？」スマイラーは気になってくりかえした。

「軍神カルマーだ」寄生者の部族長がむっつりと応じる。「解放しろ。このような状態で話すのは屈辱だ」

テケナーはパシシアに合図をした。カグハムがすぐに逃走する場合にそなえて、アンティの少女が油断なく見張る。

ナガト人は伸びをした。牢獄が急に消えたことについて、驚いていないようすだ。

「たしかにわれわれ、失敗して軍神に見はなされたのかもしれん」カグハムは認めた。「だからおまえたちのように無能な者を送ってきたのだろう。ただ、どのような失敗をしたのかわからない。われわれ、軍神の神殿をあがめ、戦いをもとめてきたというのに」

「きみの知性はどの程度なのだ、カグハム？」テケナーがたずねる。

「無意味なことを訊かれてもな」カグハムははねつけるように応じた。

「わたしにやらせて」と、ジェニファー・ティロンが夫にたのむ。

ジェニファーはテケナーとともに、これまでに判明したことから得たイメージをカグハムにすこしずつ話して聞かせた。かれらが操作されていると推測したことについては、事実として話す。未知の力の目的に資するだけの、ナガト人を破滅に向かわせる戦いがどれほど無意味なのか、説明した。カグハムは注意深く耳をかたむけていたが、やがてうめき声をあげる。オグホルと和解して、人工的に離反させられた種族同士の最初の同盟を結ぶよう、ジェニファーが提案したからだ。

ジョカスはのちに主張したもの。カグハムは対話の最後にはひどく冷淡な反応を見せたが、いくつかのアイデアは気にいっていたと。

「もう行くぞ」カグハムは決然と、「おまえたちが、いま話したようなじつに奇妙な目標を本気でめざしているのなら、わたしのことも自由にするべきだ。ひとりになれば、わたしもいま聞いた話をじっくり考えられる。オグホルには伝言をとどけさせよう。その日がくるまで、部族のあいだには平和がつづくだろう」

テケナーとジェニファーにとって、これは文句のない返事だった。そこでふたりはカグハムを解放した。

＊

第二十五日

カグハムが話していた神殿を発見した。ロンガスクが奇妙なスケッチを調べて口にした、あの中核基地と考えてまちがいなさそうである。この発見はちょっとしたセンセーションを巻き起こした。完璧に維持されている施設があり、その周囲に寄生者が神殿と呼ぶものを築いていたのである。木の幹が芸術的に積みあげられた、たくさんの尖塔のある大聖堂だ。

「エルファード人が鍵を握っているようね」と、ジェニファー・ティロン。ここ数週間のたくさんのちいさなヒントから、ますます詳細なイメージをつくりあげていく。「このステーションは、一エルファード人が……もしかしたら、あのヴォルカイルが……基地として使うのではないかしら。Xデーがきたら」

「どんなXデーのことだ？」テケナーがたずねる。

「ナガト人はすでに操作を受けているけど、それはほんの先ぶれかもしれない」ジェニファーは説明した。「この惑星の知性体についてカルマーはまだなにかを計画している。それはこのステーションが証明しているでしょう。遅かれ早かれ、いつかここに一エルファード人が戦士カルマーの使者として着任し、直接ナガト人を監視したり指揮をしたりするのだと思うわ」

「ありうるな」と、テケナー。「だがいま知りたいのは、この基地になにができるのかということ。ロンガスクとパシシアを連れてこよう。それから、これだ」

そういって、ストーカーにわたされた〝パーミット〟をとりだした。

「ここのすべてがぶじで、半分だけでも動けば、この通行許可証だというものが真価を発揮するかもしれない」

かれらは神殿の前室を通りぬけた。ステーション本体の出入口が開き、一ロボットが赤く光る目で未知の来訪者を凝視する。テケナーは黙って指のない手袋をかかげた。

「戦士の決闘の手袋があっても、ここに入ることは許されない」マシンが説明する。「まだ時は熟していないのだ。エルファード人がナガトにきていないだけでなく、べつの重要なことがまだ欠けているから。とはいえ、なにか望みのものがあればいわれるがいい」

ロナルド・テケナーは驚きのあまり、すぐさま反応することができなかった。ロンガスクが先に口を開き、一連の技術装置を数えあげる。ロボットと同じく、ソタルク語で。やがて話し終えると、インターコスモでテケナーに告げた。

「いまいったのは、《ラサト》と《キャントレリイ》の修理に必要なものです」

半時間も経過せぬうちに、かれらは必要な交換部品を手に入れた。ロボットはハイパー嵐のなかでも機能する反重力プラットフォームまで提供する。そして、ステーションの出入口がふたたび閉ざされた。

9

第三十九日

この二週間、わたしはほんとうに退屈だった。ヴィーロ宙航士全員が、多少の差はあれ、《ラサト》の修理にかかりきりだったから。そのせいでロンガスクと連絡がとれなかったし、ここ数日はファルコともほとんど会えていない。

わたしよりもはるかに技術面に明るいジェニファーが……これはただたんに、わたしには技術のことがさっぱりわからないという事情によるんだけど……ときどき、作業はすばらしく進んでいると話してくれた。四十日間の〝流刑《るけい》〟が終わるまでに《ラサト》はもとどおりになっているはず。たぶん《キャントレリイ》も。

ヴァイチャスとオグホルのところにずっと通っていたおかげで、この日々を長すぎるとは感じなくてすんだ。それでもホームシックはひどくなるいっぽうで、トラカラトや家族のみんなが恋しくてたまらなかった。そう、父のことでさえ。

それでも、近いうちに故郷銀河に帰還するなんてことは、とても考えられない。

セポルの最小期が終わりに近づくにつれて、ヴィーロ宙航士たちの気分もあがっている。すべての機能が回復したとヴィーが告げて、テクがやっとのんびりできるようになったそのとき、あることが起きた。それはその日の午後にはじまって、次の日の朝に終わった。

《ラサト》のスタートはまだ考えられなかった。ほとんどのハイパー物理学的装置が動かないから。

テクとロンガスクに、修理が成功しておめでとうと伝えていたそのとき、知らないナガト人が二名、オグホルの千本木の村に近づいてきた。部族長がヴァイチャスを呼んで、テクとロンガスクとわたしもいっしょに訪問者の話を聞いた。

「われわれ、カグハムの部族からきた。われらの部族長は、ほかの部族長ヴェルフィクスおよびジュンテティと話をし、三名とも今夜、あらたな和平や和解についてオグホルや半外者と話す用意がある。和平交渉は日暮れとともにはじめられよう。そちらが望めば、われらの部族長は平和目的で火を持参する。暗闇が顔をかくさぬように」

ヴァイチャスとオグホルにはとくに検討することはなくて、火を持ちこむことにも同意した。だけど、それを燃やしていいのは一カ所だけと注文をつけた。その場所は千本木の村のはしと決まり、そこに焚火台や果物や飲み物が用意された。

テクとジェニーはこの展開を心からよろこんでいた。ナガトでの日々は終わりに近づいているけど、分裂していた種族にあらたな統一への道が開けたと確信してから、この惑星を去ることもできるかもしれない。

この地域にいる寄生者のなかでもとくに重要な部族の長三名が、数十名の従者を連れて約束の時間どおりに到着した。三名ともからだに色をつけていない。これは、かれらが自然にふるまい、動物を武器として操ることはしないという明白なサインだった。

活発な議論がかわされる。ジェニーとテクとわたしのほか、十人以上のヴィーロ宙航士もくわわった。その場をとりしきったのはヴァイチャスで、彼女は説得力のある主張をするのがものすごくうまかった。ここ数日間、ナガト人の精神の流れをふたたび統一することについて何度もジェニーたちと話しあっていたから、そのおかげだろう。

真夜中になる前……十八個の衛星が闇を照らして、火を使わずにすむようになったころ……話しあいの参加者のあいだでだいたい意見が一致した。みんな、やりなおす気でいる。過去のいつかにはめられた足枷《あしかせ》をはらいのけるために。

「そろそろあなたは寝る時間よ、パス」と、ジェニーがわたしにいった。「わたしたち、あすスタートするわ。そのころにはハイパー嵐もおさまっているでしょうから」

テクが久しぶりに、すっかり肩の荷をおろしてほほえんでいた。

ほんとうはすこし眠たかったのだけど、わたしはそれを認めたくなかった。ぼんやりと夜空を見あげて、順々に衛星を見ていた。

そのとき、太古の叫びのようなものすごい咆哮が近くの原生林から聞こえて、だれもが黙った。まるで数千頭の巨大エルテルの群れがいっせいに叫んだかのようだった。

同時に、ナガトの夜空に新しい恒星がひとつ生まれた。わたしがちょうど見ていた衛星の位置に。

ナガト人たちは飛びあがった。かれらは自然との結びつきが強いから、なにかふつうではないことが起きると、わたしたちよりも早く感じるのだ。

衛星が消えて生まれた火の玉が、とんでもないスピードで細長い棒にかたちを変え、弧を描く一本の線になった。そのみごとな色彩は、わたしがいままで見たものすべてがかすんでしまうほどだった。

両脇に向かって伸びていく光の帯が地平線の向こうまでとどかないうちに、つづいてふたつめの恒星が生まれた。

「至福のリングが……できているんだわ」わたしの横でジェニーが切れ切れにいった。

「わたしたちの努力は、すべてむだだった」

テクが悪態をもらした。トランスレーターは訳しきれない。《ラサト》からヴィーロの警報シグナルが響き、ヴィーロ宙航士たちが夜のなかを走ってきた。テクとジェニーとわたしに危険が迫ったと思いこんで。

ジャングルからの咆哮はしばらくつづき、わたしの神経を苦しめた。できればさっさと逃げだしてしまいたかった。

もう一度、空に目を向けると、地平線のはしからはしへとのびる光の帯がすでに四本できていた。ますます速度をあげて次々と衛星が爆発する。それがリボンのように猛然とふたつの方向へ伸びると、また新しいきらきらした線が空をわたるのだ。

ナガト人たちの驚きの叫び声が耳のなかでとどろいたけれど、森からの咆哮がすべてをかき消した。

「こっちよ！」ジェニーがわたしの腕をつかむ。わたしはそれを振りほどいた。

至福のリングのリボン細工が完成すると、ジャングルのぞっとする咆哮はやんで、あらたな光が見えてきた。数キロメートル向こう、ナガトの至福のリングの照り返しのなかで、なにかが光っている。その弱い光の加減に目が慣れるまで、しばらくかかったけれど、やがてそれがなんなのか、わかった。

原生林のいちばん高い樹冠のはるか上に、だれかの姿がそそり立っていた。背丈は数キロメートルありそうだ。わたしはすぐにわかった。あれはホロ・プロジェクションとしか考えられない。

ホログラムの姿はナガト人のようだった。オグホルの部族の友たちには、まちがいなくナガト人に見えただろう。

カグハムが戦いの雄叫《おたけ》びをあげた。

「戦士がもどられた！　われわれを忘れてはおられなかった！　われわれが裏切り者や腑抜けどもにだまされかけた、まさにそのときにこられたのだ」

ヴァイチャスを見ると、すっかり圧倒されて巨大な姿を凝視している。わたしは彼女のそばに駆けよって叫んだ。

「これはただの映像よ。現実でもなんでもない。友よ、だまされてはだめ。あの絵のことは知っているでしょう？」

ヴァイチャスは反応しない。

太古の咆哮は巨大プロジェクションの口から発せられていたのだった。それがしずまると、大きな頭が左右に動き、目は地面をくまなく探している。くぐもった足音をたてて、その姿は動きだした。振動がわたしのところまで迫ってきた。

「強き者は、勇気ある者は、どこにいる？」プロジェクションの口から大声がとどろいた。「戦士カルマーがふたたびおまえたちのもとに存在するとわかったゆえ、かくれたのか？　多少の畏怖をしめすのは悪くない。だが、わたしの伝えることは聞かなければならん」

「われわれは聞いております！　聞いております！」カグハムとジュンテティとヴェルフィクスが同時に叫んだ。でも、ヴァイチャスやオグホルのまわりにいるナガト人たちは黙っている。

「永遠の戦争に生涯をささげる者は、生きのびられる」とほうもない大声がナガト人の言語で語りかけた。「生きのびる者は、わたしを見あげることが許される。だが、わたしがここで見せられたものはなにか？　戦争を嫌悪し、名誉ある未来につづく道をみずからふさいでいる、価値なき者たちだ」

その姿はどんどん進み、近づいてきた。このまま向きを変えなければ、五百メートルほどはなれた千本木の村までやってくるかもしれない。

「戦え！　戦うことのできない者は、戦争は永遠の掟であると学ばなければならぬ。存続するものは戦争のみ。おまえたちのうち、一部の者がわが掟を守りはじめたことは知っているが、あまりにもすくない。まだ弱き者のほうが多いのだ。おまえたちに最後のチャンスをあたえよう、ナガト人よ。いっておくが、これが永遠の戦士の忠実な従者となる最後の機会だ。至福のリングというシグナルが発せられた。おまえたちにとり、流刑と隔離の期間がはじまるということ。ある期間が過ぎ去ったら、わたしはふたたびやってきて、おまえたちを試験する。その受験者のうち、もっとも強き者たちはわたしと肩をならべることが許されよう。強き者は神々の帝国に迎え入れられ、弱き者は殲滅《せんめつ》される。だが、弱き者がなおも多数派であったなら、わたしは惑星ナガト全体を粉砕するであろう」

巨大プロジェクションの右手にダークグリーンの球体ができる。わたしにははっきりわかった。あれは惑星ナガトのつもりなのだ。カルマーはホログラムの指三本で球体を握りつぶすと、その残骸を無造作に周囲の闇へと投げ捨てた。

その姿は足を踏み鳴らして歩きつづけ、遠くに消えていった。しばらくは足踏みの轟音が聞こえていたが、やがて静けさがもどる。

夜はこれまでになく明るかった。そしてずっと明るいままだろう。至福のリング三十三本が、ナガトにまったく新しい顔をあたえたのだから。

「共生者に戦いを！」寄生者の部族長三名が従者をまわりに集めていた。「孤立者に死を！　強き者が勝つ。強き者とは、われらのこと」

オグホルの部族の者たちは、それでもまだ黙っていた。テクも無言で、うれしそうな表情はすっかり消えている。

カグハムがテクに歩みより、かれの顔の下にこぶしを当てて、

「見ただろう、裏切り者。軍神はわれらを見捨ててはいなかった。おまえの嘘は、手遅れになる前に暴かれたのだ。おまえは、戦士カルマーが弱き者と呼んだ連中の一員である」

カグハムはいきなりナイフを手にして、テクに襲いかかった。テクがよけられないでいるうちに、オグホルの部族のナガト人が何名も割って入って、逆上した寄生者を押しのける。

「全員、船へ！」テクが叫んだ。

わたしは走りだそうとしたけれど、だれかにつかまれた。振りかえると、ヴァイチャスだった。

「元気でね、ちいさなパス」友はそれだけいった。

「あなたたちの幸運を祈ってる」と、わたしは返事をした。

ふたりのあいだに生まれた深い友情を思うと、別れはあっという間で、わたしは大声で泣いてしまいそうだった。

＊

全員が《ラサト》船内に入った。ロンガスクは倦《う》まずに作業をつづけた結果、自分の《キャントレリイ》までも飛行可能な状態にもどしていた。シャバレ人もヴィーロ宙航士たちと同じく、ハイパー嵐が弱まったので危険を覚悟でスタートできると、ヴィーが告げるのを待っている。

ロナルド・テケナーはひどく口数がすくなかった。その表情が不機嫌ぶりを物語る。スタートが近いという希望さえ、その不満を追いはらうことはできていない。

「ハイパー嵐の作用は急速に低下中」ヴィーが報告した。「このまま進行すれば、二時間後にスタートを試行できます。ただし、セポル方面にスタートせざるをえないため、ナガトからはなれるにしたがって再度わずかに影響が強まる可能性が……おや……」

「どうした？」スマイラーが鋭くたずねる。

「探知です」低いヴィシュナの音声が告げる。「不明瞭なエコーを探知。一物体がナガトを去りつつあります。距離は四千キロメートル」

ヴィールス船がぼんやりした映像を司令室にうつしだした。物体の輪郭を詳細に再現できていない。セポルがまだ強い阻害作用を発しているためだ。だがまちがいなく、これは一隻の宇宙船である。

「戦士カルマーが、活動場所をはなれていくのね」ジェニファー・ティロンがぼそりといった。

「全長四百メートルほど」と、ヴィーが報告する。「それ以上のことはわかりません」

探知エコーがぼやけた。映像が消える。

「カルマーがスタートできたのなら、われわれにもできるはず」と、スマイラー。「ロンガスク！　そっちは大丈夫か？」

「正直いって、大丈夫ではありません」シャバレ人は嘆いた。「プルンプが冬眠に入ってしまいました。話し相手がいないのでして」

「わたしが知りたいのは、きみのスクラップの山がスタートできるかどうかだ！」

「〝エレンディラの光と星〟、スタート準備は完了しています」と、ロンガスクが返答した。

「それではスタート!」テケナーが決断をくだす。

大きなトラブルもなく《ラサト》は浮上。《キャントレリイ》が、エンジンをがたがたいわせながらあとにつづいた。

＊

《ラサト》が予定コースを進んでセポルに船首を向けたとき、《ラヴリー・ボシック》および《エクスプローラー》との通信が成立した。ロナルド・テケナーは安堵の息をつく。《ラサト》もかれ自身も、孤立してはいなかったということ。エルファード人ヴォルカイルの攻撃を受けて発した救難信号は、めざした相手にとどいていたのだ。

「われわれ、あまり時間がない」ロワ・ダントンが説明する。「エルファード人メリオウンが期限を切ってきた。二十四時間以内にセポル星系から撤退しろとのことだ」

「こちらにきていただきたい」テケナーがもとめる。「関連する全データや経験については、船同士がやりとりするでしょう」

まもなく、ヴィーロ宙航士の主要人物たちが《ラサト》の司令室に集合した。ロナルド・テケナーとジェニファー・ティロンは、セポル星系でここ数週間のあいだになにがあったのか、至福のリングがどのようにして生じたのかを知った。ナガトで暗躍していた謎の戦士カルマーについてスマイラーが得たイメージは、《ラヴリー・ボシック》や《エクスプローラー》の者たちが知った事実ともじつによく合致している。だが、それらの真の背景、とくにストーカーとの関係は、だれにもわからないのだった。

テケナーは決闘の手袋を長時間はめないように忠告された。いまや正体のわかった法典分子が、レジナルド・ブルを見舞ったような恐ろしい作用をしめすかもしれないから。

「あの戦士と配下のエルファード人は、卑劣なゲームをしているということ」スマイラーはいいきった。「すべての背後にストーカーがひそんでいても、驚きはしませんな」

「証拠はないがね」と、ダントン。「だが、この闇に光をもたらす方法はいくつかある。とはいえ、まずはここを去るべきだ。エルファード人は笑いごとじゃないからな。メリオウンは、ナガト人が〝恒久的葛藤〟にふさわしい成熟度に達するまで、ナガトで監視役につくそうだ。なんのことかは自分で想像してくれ。われわれにもわからんのだ」

「なにかが起きています」《ラサト》のヴィーが報告。「戦士の輜重隊の一部が動きはじめました。この星系を去ろうとしているようです。《エクスプローラー》のデータを取得したので、ナガトと至福のリングをつつんだばかりのエネルギー・バリアを分析できました。これは、ブリーがエルファード人ヴォルカイルと遭遇した〝隠者の惑星〟に張られていた、一方通行のバリアと同じ構造をしています」

ロナルド・テケナーは情報の洪水に見舞われ、時系列で整理することもできなかった。

かれの知識はまだ断片的だから。ロワ・ダントンが事情を察して説明する。

「われわれ、すでに次のステップについて話しあった。基本的に異論がなければ、次の目的地はシオム・ソム銀河だ。すべてを理解できたら、きみもこの計画に同意するはずだ」

「そうですか、テク！」ロンガスクが《キャントレリイ》から大声で口をはさむ。「うれしいことを聞きましたぞ。シオム・ソム。あなたにすばらしい話があるんです。たったいま、わたしのスーパー・ポジトロニクス〝ガラガラ〟からデータを受けとりました。正確な出どころはまだわかりませんが、その情報によれば、シオム・ソムには荒涼たる惑星があり、そこにクロスクルトが解体したのと似たゴリム基地があるそうです。ガラガラがおおいに信用できることはご存じでしょう。ガラガラによれば、その基地で、行方不明の《ツナミ》両艦の乗員の運命についてなにかを聞きだせるのは、あなただけだそうです。そこに明白なヒントがあるということ」

「きみのおんぼろポジトロニクスは、いったいどこからそんな話を聞いたんだ？」スマイラーは疑り深く訊いた。

「小耳にはさんだのですよ、小耳に」と、シャバレ人は応じる。

「《ツナミ》両艦の乗員に関することなら、もちろんすべて興味がある」テケナーはそういうと、ほかのヴィーロ宙航士たちに向きなおり、「実際のところ、ロンガスクの助言にしたがうべきでしょうな。決断をくだすまでもなかろう。さしあたり目的地は同じなのだから。だが出発の前に、故郷のことを忘れるわけにはいかない。つまり、そろそろヴィールス船一隻を故郷銀河に送りだして、状況を報告するころあいだということ。われらが旧友アダムスは、こちらの情報を心待ちにしているでしょう」

この件はそれで決まった。それから数時間、ジェニファー・ティロンはこの動きがパシシア・バアルの耳に入らないように全力をつくした。アンティの少女がホームシックのあまり、この伝令船に乗るといいはるのではないかと、心配したからだ。

ジェニファーがようやく安堵したのは、ヴィールス船団が動きだし、一小型宇宙船が故郷銀河へと向かいはじめてからである。

それからジェニファーは、ゆうべの疲れがまだのこっているパシシアを起こす。ロンガスクが冬眠に入ったアザミガエルを連れて《ラサト》の司令室を訪ね、ふたたび曳航《えいこう》してほしいとたのんだ。《キャントレリイ》のどこかが正常に機能していないという。だが、ロナルド・テケナーにはむしろ、謎のゴリム基地を探すよう、シャバレ人がせっつきにきたように思えた。その理由もわかっている。ロンガスクはそこで山ほど盗みができると考えているのだ。

「もしかしたら、より道はするかもしれんな」スマイラーはシャバレ人に気をもたせてから、ようやく休憩に入った。

エピローグ

ＮＧＺ四二九年六月十五日、《エクスプローラー》複合体からセグメント一四四、固有名《ペンデュラム》が分離した。このヴィールス船の知性は、分離前にほかのセグメントの全データを取得している。データには、故郷銀河をはなれて以降の、重要性の低いささいなことまでふくまれていた。早めに帰郷することになって残念だと思う者もいたが、ヴィーロ宙航士たちの雰囲気は良好であった。故郷の者たちにこれまでの出来ごとを伝えなければ、という目的を全員が共有している。ストーカーが予言した、すばらしき展望はごく一部しか実現しなかった。そこから故郷銀河の上層部はなにかを結論づけるにちがいない。

《ペンデュラム》はプシオン・フィールド沿いに加速を重ね、長大な距離を短時間でいっきにこなした。異郷に憧れる者たちが冒険でなにを経験したのか、故郷の人々と共有するのだ。

ところが、出発から六時間もたたないうちに、なにかがおかしいと《ペンデュラム》のヴィシュナの音声が報告した。通信がとだえ、その直後、急激に速度が落ちて光速以下になる。

未知者の奇襲を受けたのだ。あまりに急なことで、防戦など不可能であった。《エクスプローラー》のセグメント一四四が目的地に着くことは、けっしてないだろう。

あとがきにかえて

鵜田良江

後半の「ナガトの動物使い」に「アマデウス・ヨーデル歌いのファルコ・ヘルゼル！」というセリフがある。これは一九八五年に発表されたファルコの『ロック・ミー・アマデウス』という曲にちなんだものだ。世界的に大ヒットしたので聞き覚えのある方もおられるのではないだろうか。だが今回調べてみて、これがドイツ語圏で唯一、ビルボードのヒットチャートで一位を獲得した曲だと知って吃驚《きっきょう》した。ボーリング場などでプロモーションビデオを見ていた発表当時、英語圏の曲だとばかり思っていたからだ。

インターネットで探してあらためて聞いてみると、たしかに「genau」などのドイツ語が聞こえる。ユーチューブをそのままにして翻訳を進めていたら、自動再生でマイケル・ジャクソンやイーグルスなどの懐メロ大会が始まった。ＴＯＴＯの『アフリカ』などはすっかり忘れていたので、しばし懐古の思いにひたった次第である。

訳者略歴　九州大学大学院農学研究科修士課程修了，ドイツ語翻訳者　訳書『隔離バリア』エルマー＆グリーゼ，『永遠の世界』ボルシュ，『スターリンの息子』エスターダール（以上早川書房刊）他多数

HM=Hayakawa Mystery
SF=Science Fiction
JA=Japanese Author
NV=Novel
NF=Nonfiction
FT=Fantasy

宇宙英雄ローダン・シリーズ〈634〉

エリュシオン脱出《だつしゆつ》

〈SF2314〉

二〇二一年二月　十　日　印刷
二〇二一年二月十五日　発行
（定価はカバーに表示してあります）

著者　クルト・マール　ペーター・グリーゼ
訳者　鵜《う》田《だ》良《よし》江《え》
発行者　早川　浩
発行所　株式会社　早川書房
郵便番号　一〇一‐〇〇四六
東京都千代田区神田多町二ノ二
電話　〇三‐三二五二‐三一一一
振替　〇〇一六〇‐三‐四七七九九
https://www.hayakawa-online.co.jp

印刷・信毎書籍印刷株式会社　製本・株式会社川島製本所
Printed and bound in Japan
ISBN978-4-15-012314-7 C0197